さいはてたい

山本陽子
YAMAMOTO Yoko

文芸社文庫

目次

酩酊

すべてが酩酊の景色であればいい——。

肌寒い。

僕は目を覚ました。

潮の香り。

波の音。

なぜだか、気分はすぐれない。

砂の上。

砂の上？

僕は砂の上だ。

「じん」

漢字じゃなく、ひらがなのような音色で、斜め後ろから僕を呼ぶ声がした。

振り返った先には、白いワンピース姿の響子（きょうこ）が、道路から砂浜に下り、転ばないように一歩一歩こちらへ向かっていた。

スカートを押さえる響子が愛らしい。
二十六歳の僕が九つも年上の女性をそう思えるのは、彼女だからだろう。
響子は、数メートル離れたところに腰を下ろした。
四月とはいえ、今日の海辺は本当に肌寒い。
響子を見つけた安堵は消え去り、目の前に広がる海が荒涼とした景色に見えてくる。
ここはどこだ？
見上げた空には、悠然と浮かぶ雲が広がっている。
睦美（むつみ）の顔しか浮かばない。
そう、睦美だ。
「睦美は⁉」
響子に切願しながら、駆け寄った。
「大丈夫、車でよく眠ってる。窓は少し開けてるし、ここからも見えるから心配ない」
響子は砂で遊んでいた方の手で、あっちと指差した。
軽く斜面になった砂浜の先にある車道の路肩には、白い軽自動車が停まっていた。
睦美はあそこにいるのか？
本当に大丈夫なのか？

「睦美は？」

安否を確認したいのにうまく言葉にできず、また名前しか出てこない。

「大丈夫だって。覚えてないの、仁？」

今の状況につなげるように記憶をたどっていく。

「それより、何で響子さんがいるの？」

「江津駅からレンタカーで来た」

響子は僕の真剣な顔で省みたのか、睦美が電話をくれたと慌てて僕を見た。

昨日、僕は睦美を連れ出した。

きっと、僕が炒飯を作っている間に、響子に連絡したんだ。

睦美と響子は、携帯電話のGPS機能で位置情報が連動してたんだった。

記憶は断片的で、都合のよいところしか覚えていないのかもしれない。

僕は、壊れゆく睦美への許容範囲を超える前に、放棄したのだ。

〝普通〟と言われたって、僕は受け入れない。

他の人ならいい。

でも、睦美だけはだめだ、許さない。

誰が睦美をこんなふうにしたんだ？

いったい、睦美と僕が何をしたというのだ？

不甲斐ない僕が試されているのか。
じゃあ、簡単だ。
この世に神様がいるのなら、ちょうどいい、あなたのせいにしよう。
―これは睦美の人生のシナリオ通り―
あたかも運命のように告げるのなら、僕はかまわない。
抗わず、戦わず、すべての無を選ぶ。
じゃあ僕は、完全敗北、完敗じゃないか。

酩酊――。
すべてを忘れたい時、僕は酩酊を目的にアルコールを呷る。
憤りや矛盾、消化できなくなった不安や不快は酩酊に葬れば、明日がやってきた。
どうでもいいや。
薄れ揺らいでいく意識の狭間に見える希望が好きだ。
酩酊からの景色は何も生み出さないだろう。
刹那でも美しい世界は僕を救う。
逃げでもいいや。
このまま、滅びゆく睦美を受容できる僕じゃない。

一緒に逝こう。

僕は睦美を海に誘った。

方法も順番もよく考えていなかった。

酩酊になりさえすればいい。

一瞬、光が射す方に行くだけだ。

それで、すべて、無になる。

ただ、果てる地は、まだ見ぬ島根の海だと決めていた。

少しずつ、昨日が蘇っていく。

波音に紛れ、ふと、響子の掠れるような声がした。

「あのね」

躊躇(ためら)いを隠せない響子の神妙な面持ちに、僕は身構えた。

「私、父を殺したの」

蘇った昨日までの記憶は一瞬にして飛び去り、僕の聴覚と思考が止まった。

さっきの僕みたいに、白い雲を見上げていた響子は、ぽつりぽつりと話し始めた。

「私の両親は小学生の時に離婚してね、母と妹と暮らしてきたの。母は身体の弱い人でね、でも、私と妹を育てるために、いつも仕事をいくつか掛け持ちしてた。無理してまで働いてくれてたんだ。私もね、家の経済事情を考えれば、高校を卒業して働いたほうがいいとわかっていたけど、母は短大に行くように勧めてくれたの。私も本当はそれをどこかで望んでいたし、母の言葉が嬉しかった」

　響子はようやく僕に視線を合わせた。

「短大を卒業して働くようになって、妹の学費や生活費を助けられるようになって、これから少しでもゆっくり好きなことをしてもらおうと思っていた矢先に、母は、吐血して、そのまま……」

　響子は、しばらく、波の往来を目で追いかけ、時間を遡っているようだった。

「父は離婚してすぐに再婚してね。再婚相手が原因で、両親は離婚したんだけど。母が倒れた時、持っていた手帳に、父の電話番号が書いてあってね、連絡してほしいって。父は、離婚してからまったく私たちに関わることはなかったから、父の番号が書いてあることが不思議だった。ずっと会っていない父に、どんなふうに話せばいいのかわからなかったけど、母の遺言のような気がしてね、電話してみたの……」

　刻一刻と形を変える雲は、今度は僕たちを見下ろしていた。

「父は、何て言ったと思う？　今、取り込んでるから、切るよって」

　響子は僕に、勢いよく身体を向けた。

「ねぇ仁、取り込んでるって何？　人が死んだって知らせに、そんな言い方する⁉」

　当時に戻ったように、響子は激しく揺れた。

父に失望したこと、母は、父に未練があったのだろうかという疑問、連絡した自分がバカだったと、まるで嘲笑するかのように次から次へと吐き出した。

「もう、十五年前のこと。人と付き合うのが怖くなったし、面倒になっちゃった」

十五年前。僕と響子が出会う二年前だ。

響子は、中学一年生の僕にさえ人見知りで、初対面の印象が悪いのはそのせいか。記憶が時系列で巡り始めたが、息を呑むだけで、響子には言葉をかけられない。

「仁、たばこ吸っていいよ」

響子は気を遣うように促した。

僕がたばこに火をつけるまで、じっと待ち、堰を切ったように話し始めた。

「母が亡くなってから二年後、再婚相手から、お父さんが入院しましたって電話があってね。脳梗塞だって。〝お父さん〟って言われてもね……。返答に困ってたら、病院の名前を言われて、離婚手続きは終わっているので、あとはよろしくって」

僕の思考はまだ外に向けて正常に機能しない。

気持ちとは裏腹に、気の利いたやさしい言葉ひとつもかけられない。

自分への苛立ちをたばこに八つ当たりして、灰皿代わりの空き缶を強くたたいた。

「父は莫大な慰謝料も請求されて、結局、女の人はすぐに再婚したの。でもね、それを聞いた時、自業自得だって思った。母の悲しみがわかったでしょって」

響子は早口になり、〝私、意地悪でしょ〟って顔つきに変わった。

「……事実はよくわからない、それでもね、長く許せなかった父が、なんだかかわいそうに思えてきたの」

「それで、どうしたんですか?」

僕はようやく問いかけた。

「妹と相談して、お見舞いに行ったの」

「はい」

僕の癖だ。

考えさせられたり、感慨深くなると、言葉が『はい』に集約されてしまう。

「父は、お化けでも見るかのように私たちを見たの。足、あるのにね」

響子は少し笑って、足をばたつかせ、おどけてみせた。

「すぐに私たちってわかってくれた。妹と毎日、交替で父のお見舞いっていうか、話し相手っていうか、したの。父の好物を聞いて持っていったりしてね。私はいつも一時間もいなかった。何を話していいかわからなくて。洗濯物もね、無理だったの。持って帰っても、妹がきれいにしてくれてた」

聞いてもいないのに、自分に不利なことや言わなくてもいいことを言う。

響子らしい。

「父は時々、私と妹を間違えてね。そんな時は苛々した。けど、ある時ね、私と母を間違えたの。響子は元気か？　って」

僕は半分までしか吸っていないたばこを空き缶に捨てた。

「冗談はやめてって思いながら、相手にしなかったの。そしたら、響子に会いたいなぁって、私の顔を見て真面目に言ったの」

響子は少し黙って、また、空を見上げ、すぐに、波打ち際へと視線を落とした。

「勉強もよくできて、優しい子。特に歌がうまくて、自慢の娘だよって。父は目を細めて、苦労かけたって」

宝箱から、大切なものを分けてくれたように、響子は明るく嬉しそうに笑った。

「ある日ね、退院を目の前にして主治医に呼び出されたの。父は、慰謝料のために自宅を引き払っていたし、後遺症で麻痺も残ったから、一人で生活するには厳しくてね。主治医は、この先どうしますかって、私と妹に聞いてきたの。入院した原因は脳梗塞だったんだけど」

「はい」

「父は、アルツハイマー型認知症の中期にさしかかってるって言われたの」

アルツハイマー型認知症。

この言葉は、僕の神経を張り詰めさせた。

響子のいつにない、ここ半年の僕や睦美への言動が深い意味を帯びてくる。

「正直、父と暮らすには抵抗っていうか、母の葬儀を知らせた時のことが許せずにいたのかなぁ。一緒に暮らそうなんて到底言えなかったし、どこかで無理だと思っていたのかもしれない。あっ、でも、認知症って聞いたからじゃないの。本当よ」

響子は、過去を整理しているようだ。

「妹がね、たった一人の父親じゃないって言ったの」

「はい」

「妹の一言で、父の退院後の身の振り方は大きく変わったし、決断も早かったと思う」

「はい」

「心から納得はしてなかったけど、いいよって妹に言ってね、喜んだ妹がすぐに父にね、一緒に暮らそうって言ったの。……でもね、父は、施設に入るくらいのお金はあるからって断った」

「はい」

僕はまだ、一言でしか気持ちを表せない。

「父はそんな人でね、感情を出せないの。ありがとうって言えない人っていうか」

響子は、遠くの海を一望してから、僕の顔をしっかりと見た。

「父は数日間、施設がいいって言い続けたの。パンフレットを取ってきてくれとか、お金はあるとかね。拒否か遠慮か未だにわからないんだけど」

「はい」

「でも、退院の二日前に、これからよろしく……って」

僕は息を飲んで、響子を見守った。

「でもね……」

なぜだか、その『でもね』が意味深に聞こえ、雲間の太陽を探してしまう。

「退院の日、父は病院の屋上から飛び下りた。ようやく父の娘になろうって思った時にね、父は自殺したの」

響子は波打ち際に歩いていった。

ヒールはやわらかい砂にのめり込んで、歩くたびに抜けてはまた砂に埋もれた。

「病院の七階。人って七階からでも死んじゃうんだね、即死だった」

響子は波打ち際から海へ進んでいった。

僕も咄嗟に海へ入り、消え入りそうな響子の肩を包み込んだ。

「でも、父の葬儀を終えた時、初めて見る弔問客と泣きじゃくる妹を見ながら、ほっとしてた。父と一緒に暮らさずに済んだって、どこかで思ってた……。だから、殺意がなかったって言えば嘘になるんだ」

「……それは違う」

殺意と自殺は関係ないってことを言いたかった。

「子どもの頃から、お父さんなんて死んでしまえって、何度も思って生きてきたもの。願うようにお葬式を想像して、聞かれもしないのに、近所の人に、父は病気で死にましたって、自分から言ってまわった……。憐れみでもかまわないから、優しくしてほしくて、父を殺したの」

瞬（まばた）きをした響子の瞳から、涙がほろほろと落ちている。

「一緒に暮らすことだって、父に伝えてからも、どこかで迷ってた。今は、父が認知症ってことも理由のひとつだったのかもしれないって思う。でもね、認知症のことを知ろうともせず、そう思い込んでいた。だから……仁には、私みたいに思ってほしくなかった。病気のこともちゃんと知ってほしかった……ごめん、つい必死になって。仁は私と違うことはよくわかってる。でも、睦美さんは、私の中で、特別なの」

放心して立ち尽くした響子を、ゆっくり旋回させて、砂浜に座らせた。

「葬儀が終わって病院にお詫びに行った時にね、父の不可解な行動を、過去形になったけど、主治医に話したの。お父さんには、自分の生活管理が難しくなっていく自覚があったのでしょうって。……飛び下りたのは、これ以上迷惑をかけたくない、父の最後のプライドだったのかもしれないって思ったの」

四月の風が僕らを包む。

「ごめんね、仁」

響子は、封印してきたものが、解き放たれたように、声を上げて無防備に泣いた。

涙にまみれた響子を見守りながら、僕も自由になった。

「いつもそばにいます」

響子に意味は伝わったのだろうか。

大きくうなずいた響子を、僕は肯定的に受け取った。

波音をメトロノームにして、僕はリズムを刻み、五感を委ねた。

時間が止まった感覚のなか、遠くで汽笛が響き、海鳥が大空の彼方に羽ばたいた。

響子は、濡れたワンピースの裾を気にしながら、立ち上がった。

「先に車に戻ってる。思う存分ゆっくりしてきて」

潮風に揺られながら〝考えて〟ってことだろう。

僕と睦美のこれまでと、これからを。

＊　＊　＊

去年の十二月。
僕は、睦美を持て余していた。
不機嫌は、ひどい男だと自分に辟易している自覚のせいだ。
体調不良者続出の代打で八連勤目のアルバイトは、待ちに待った明日が休み。
サントラ盤を気に入って、映画館まで観に行った長編洋画は、地上波初放送。
キンキンに冷やしたビールとウズラの卵煮で楽しみが増してたんだ。
なのに、睦美は同じことを何度も聞いてくる。
なのに、睦美は捉え違いを、全部僕の説明のせいにする。
彼女を早く遮断したい。
―疲れたらチョコレートよ―
ライブ後、店からの帰り際、響子が半ば無理やりくれた一枚を思い出した。
食卓の上、夕方買ってきた食材が入ったスーパーの袋を期待して上げてみた。
あった。
果実の下敷きになった時代の流れを感じさせない一枚が最強のアイテムに見える。
「はいっ」
自然に手が出て受け取った睦美は、じっと僕の顔を覗き込んだ。

開封も、いや、チョコレートが食べ物なのかさえも忘れてしまったのか。
テレビの中は、有名なオープニングシーンを過ぎ、主人公が若き女王と恋に落ちた。
どうでもいいや。
「貸して」
早くこの場を去りたい僕は、睦美から、チョコレートを取り返した。
何の罪もない苛立ちをぶつけ、包装紙を野蛮に扱う。
銀紙、甘い匂い、茶色の板。
睦美の表情は、幼子のような好奇心に満ちていて、僕は思わず笑ってしまう。
どうでもいいや。
心の中で口癖を繰り返して、チョコレートをひとかけら、睦美の口の中に入れた。
子供の頃、同じように睦美にしてもらったっけ。
睦美は満足げだ。
子供騙しの一瞬の至福をあっさりと受け入れられ、力が抜ける。
残念な現実が、また、僕をあきらめさせた。
「寝ようか？」
「歯磨きは？」
睦美が僕に聞いた。

時々、睦美の言動が演じているのか、惑わされる。

「今日はしなくていいよ」

「だめ、磨く。仁も磨いてよ」

睦美は洗面所に行き、目的を難なく終え、部屋の扉を静かに閉めた。

僕は、ようやく一日を終え、冷蔵庫からビールを取り出し、窓際に行った。

味わうわけでもなく、天井を仰いで、流し込み、窓の外を眺めた。

企業のオフィスが入っている高層ビルは、まばらに部屋の明かりがついていた。

響子もまだ店だろうか。

やっぱり、響子の言うことは正しいな。

あれだけ苛立っていた僕がやさしい気持ちになっている。

チョコレートを取りにキッチンへ戻り、口にひとかけら、また窓際に立つ。

十四年前、多摩川沿い、登戸(のぼりと)のアパート暮らしから、大崎のタワーマンション二十一階へ。

僕は、一変してお金持ちになった気がした。

「仁、おいで。すごいね、きれいだね。東京タワーが見えるよー」

プラレールのようなＪＲ山手線、遠くうっすらとそびえる富士山。

あの日から、カーテンを閉める習慣がなくなった。

十二歳、生まれて初めて知る景色と感動は、これから始まる生活を期待させた。
誰に向けられたのか、階下を望む優越感は、数年後、劣等感を拭う居場所になった。
今夜も十四年前と変わりなく、東京タワーがライトアップされている。
〝東京がここにあるよ〟と小さく自己主張しているみたいだ。
こんな素晴らしい夜景が自宅から一望できるのは、睦美のおかげだ。
それがわかっていて、僕は何をやっているんだろう。
冷蔵庫から二本目のビールを取り出した。
酩酊。
—酩酊は不可能を可能にする—
尊敬するアーティストの言葉だ。
ひと息に一本目のビールを飲み干し、二本目を開ける。
泡が噴き出して、指を覆う。
今夜は、うんざりの一歩手前。
でも、酩酊を目指した。

睦美は僕の母だ。
母だけれど、【睦美】と呼び捨てにしてきた。

睦美は今、四十八歳。

二十二歳で僕を産んで、二十五歳で離婚したんじゃないか。

実際、本人からは直接聞いたことがない。

睦美が酔っぱらった時にする過去の話で、計算すれば、そうなる。

睦美は今も、僕の記憶の中でも、いつも若々しくて、きれいだ。

煌（きら）びやかでもなく、質素でもない、品のある美しさだ。

なのに、なのに、だ。

東京タワーのライトアップが消灯し、拠り所を失くした僕は、ビールを呷った。


睦美は離婚後、幼い僕と過ごしたい一心から、在宅の仕事を考えた。

大学では、心理学を専攻していたようだが、そっちの仕事は探さず、保育所の送り迎えを優先して、近所のコンビニのアルバイトや自宅に来てもらう家庭教師で稼ぎ、わずかな貯金を元手に株を始めたらしい。

三歳の僕を連れて、〝責任〟という名の下に食いしばったのだろう。

睦美は僕が五歳になると、株を転がし生計を立てるようになった。

真っ暗になるまで公園で遊んだり、キャッチボールやサッカーをしてもらった記憶しかないが、僕が寝てから懸命に勉強したようだ。

本来、博打的なことはしない性分だけれど、株には賭けたのだと、テレビの〝女社長の繁盛記〟みたいな番組を横目に、ぽろりと漏らしていた。

フリーランスで稼働する中で、着実に力をつけていった。

未来を見据えたわけではなく、僕と共に生きたい気持ちの結果が今らしい。

法人化はせず、一人ですべてこなし、必要な時は人と組み、人と分かち合う。

『人が長く寄り集まると水は澱む』

小学校の高学年だったか、クラスメートらの諍いを斜に構える僕に、仲良くしなさいとは諭さず、明白な事実のように、持論を展開した。


「仁にかっこつけても仕方ないから言うけど、組織が大きくなると、責任の重さは比例するでしょ。比例どころか二乗も三乗もする……。仁と自分の責任だけで、十分」

一人熱弁を振るい、本音を漏らすこともあった。

僕は、大人として認められたようで、うれしかった。

数年が経ち、睦美の賭けは勝ちを示したように、世間でも投資が身近になり、投資のセミナー講師や専門誌からの執筆依頼が舞い込んできたりしていた。時代を先読みし、新しく資格を取り、人生設計やキャリア支援を含めた依頼も増えていたようだ。

「仁、ほら」

セミナーのチラシや雑誌の取材記事を見せられたりした。

「あ、うん」

睦美の活躍が、誇らしく嬉しくてたまらなかったが、飛びついたりしなかった。多感な時期にあえてやるアクションでもなく、照れでもなく、睦美が元気で、好きな仕事ができるのであれば、それでよかった。

睦美の仕事が軌道に乗っても、引っ越し以外、生活は特に変わることはなかった。唯一の変化は、睦美が中学生の僕に留守番をさせ、出かけるようになったことだ。行先はライブハウス。

なんで？

純粋に問いかけた僕に、睦美は、〝生き返るため〟と冗談っぽく真顔で答えた。

取引先との電話では、僕がいるせいにして、飲みの誘いを断っていた睦美は、子供扱いしたり対等に議論したり、睦美の都合で僕を変えた。

「今年の仁の誕生日、ライブハウス、デビューね」

ライブハウスは大人が行くところだと思っていた僕は、十三歳の年齢を理由にして拒否したが、睦美は、誕生日をきっかけにすると決めていたようで、あれよあれよと当日が来た。僕は、プレゼントされたTシャツを着て、すっかり、睦美に巻き込まれ、それに合うスニーカーを自分で選んでいた。

ライブハウスは六本木にあった。
狭い扉、薄暗い通路を睦美の背中を頼りに進んでいく。
中扉の先、漂うスモークの向こうに、ステージが神々しく現れた。
ここで、何が始まるの。
不安と胸の高鳴りが僕の中で交錯した。
ホールの中央に進む睦美から離れ、僕は、一人で壁際に身を寄せた。
談笑する人。静かに始まりを待つ人。グラスを傾ける人。
僕は大人たちを傍観していた。
〝ビターズカバー〟
睦美は僕の耳元で囁いて、中央の位置に戻り、僕に手を振った。
幕が開き、ドラムの一撃、爆音に負けない歓声と喚声。
男の色気、妖艶、洗練が並走し、音に戯れる神がいた。
壁にもたれかかっていた僕は、電撃が走ると同時に、身体が揺れていた。
『蝶のように舞い、蜂のように刺す』
ボクサーを評した名言を口走り、狂乱するギターボーカルを夢中で追いかけた。
「ね！」
彼らが去っても、すぐには動けなかった僕に、睦美は軽い一言で未来を示した。

新しい世界を知った喜び、心身の熱気で汗ばんだ僕は、睦美に連れられ、ドリンクカウンターへ向かった。睦美は、メニューを見ずに注文し、飲み物を手にした。

「仁は何飲む？」

「コーラ」

「じゃ、自分で交換してごらん」

僕に一つずつ、『できた』を体験させていった。

そこで出会う大人たちは、老若男女が【睦美さん】と呼んだ。

僕を息子だと紹介すると誰もが意外な顔をして驚いた。

相手を立て、受け答えしながら、誰にでも自然体の睦美が誇りだった。

人の空気や気持ちを読んでしまう傾向ゆえに、控えめな子供だった僕は、好意的に、かつ、対等に輪に入れてくれる大人たちの心遣いに、人見知りをせず、いつしかライブハウスは、僕らしくいられる空間になった。

堅実さとライブハウス。

空間という贅沢を味わいながら、家庭の財布を気にせず進学を選ぶことができた。

大学の合格とお礼を睦美に伝えた時には、本望だとジントニックを何杯も飲んだ。

有頂天で酔っぱらい、ただただ、浮かれるだけ。

苦労話や先人としての説教は一切しなかったな。

酔っ払っても明るく楽しく、僕に抱きつく以外、睦美との時間は大好きだった。
僕の目に映る睦美は、酔いも素面(しらふ)も関係なく、いつも、笑顔だった。
無邪気に、好きな音楽をガンガン鳴らして、歌い踊っているような人だった。
僕は、呆れ顔をしてみても、そんな睦美が居心地よかった。
世間から見れば僕らは、理解しがたい親子だったろう。
睦美はいつ、誰の前で、泣いていたのだろうか。
睦美の心の片隅にいる、僕の知らない誰かを想像してみても、誰も浮かばない。
無論、知らない誰かを特定するのは困難だ。
それでも、考えないわけでもなかった。
今、僕が二十六歳になり、社会の波に少し揉まれただけで思うことがある。
睦美スタイルだと言い張っても、流動するゆえの苦しさがあっただろう。
ニーズと時代の先を読むセンスも必要だ。
音楽と似ているかもしれないな。
経済的に健全に自立し、人としても自律している。
陸美は社会的にも魅力ある女性だろう。
メールの受信を知らせるバイブ音で現実に戻された。
響子からだ。

『明日のライブ、よろしく』

絵文字を使わない用件だけのメール。

『了解です!!』

今の気持ちと裏腹に〝！〟を二つ付けて返信した。

響子からのレスは来ない。

シンプル・イズ・ベスト。

響子は……何て言えばいいんだろうか、睦美の親友。

でも年齢は、確か睦美と十三違ったので三十五歳。

時々、年齢差を忘れるほど、外も内も若い。

僕が定期的に歌うライブバーのオーナーであり、店長であり、店員でもある。

気ままに、ハーモニーでセッションしてくるミュージシャンでもある。

十三年前、かすかな記憶を贔屓目にみても、響子の初対面の印象はやっぱり悪い。

僕を囲む大人たちと対比したせいもあるだろう。

睦美の行きつけのライブハウスに客として来ていた響子は、人見知りなのか、弱々しい挨拶で、すぐに消えていなくなった。

不愛想というわけではないのだが、その後の印象も大きく変わらなかった。

ただ、睦美と話している短い時間だけは、穏やかな視線を僕にも向けていた。

ある日、僕は見てしまった。

客席がライトで照らされた一瞬、号泣しながら、響子が爆音に紛れていた。

嗚咽しているような表情が、異空間を醸し出し、僕は目が離せなくなった。

帰り道、ひとりで抱えるには重すぎて、心に焼き付いた光景を睦美に話した。

「響子も、音を浴びて、生き返っているんだよ」

何を何に喩えてるのか、よくわからないまま、僕は大人の事情として受け取った。

その後、高校受験で一旦、半年ほど、ライブハウスはお預けになって、響子と会う機会はなくなった。理由は未だに知らないのだが、僕が高一の時、響子は、四年間の会社勤めを辞め、下北沢にライブバーを開店した。『響子』と聞いても、人見知りのあの響子と同一人物だとは思えず、睦美に、〝あの時の〟と確認をしたくらい意外だった。睦美に連れられ、店に遊びに行き、睦美を介して話すようになった。接客業のせいか、僕が響子に慣れたのか、初対面の印象からよくなっていった。僕が初めて組んだ文化祭用のバンドの練習で店を貸してもらえることになり、その流れで、新譜を共有したり、ライブに出かけるようになった。会話していても、年の差は気にならず、音楽以外にも食事や交友の相談など、自然に響子が身近な存在になった。大学生になって、本格的にバンド活動を始め、睦美に解禁されて、ライブハウスで歌うようになってから、響子の店にも出演バンドとして出入りし始めた。響子の適度な距離を保ちながら、相手を思いやる人とのかかわり方を知り、僕は、恋人がいながら、憧れを抱くようになった。

憧れというのは、振られたくない防衛本能で、片思いをしてきたのだろう。

だめだ、睦美と響子で、ぐるぐる頭が回りだした。

気がつけばビールの空き缶が、六本転がっている。

アルコールに強くなって、酩酊には、程遠い。

高くつく最近の僕だ。


朝五時。僕は目覚まし時計がなくても起きられる。

どれだけ前日にアルコールを注入していても、どれだけ遅く寝ても目が覚める。

身体が覚えているのか脳がインプットしているのか、自分に嫌気がさした時、無遅刻無欠勤の自分が、社会性欠如のトドメを刺さずに済んでいる。

今朝も昨夜の睦美の一件がどうであれ、すっきりと起きられた。

いつもと違うのは、睦美が眠っているかどうか、そっと扉を開けて確認したこと。

それ以外はいつも通り、寝癖のままコーヒーを飲み、たばこを燻(くゆ)らせた。

なるべく音を立てないように家を出る。長らく、深夜まで仕事をして寝入った睦美を配慮したゆえ、習慣になった。

目覚めて十五分後には、自転車を漕ぐ。一駅、時間にすれば六分、いい運動だ。

新幹線が停車する品川駅近辺には宿泊施設が建ち並ぶ。高級と呼ばれるホテルで、朝食バイキングの仕込みと午後二時までの喫茶店の厨房を担当して二年になる。

五時半から九時半までは、早朝手当もついて時給千五百円、そのあとは時給千円、人間関係も煩わしくなく、いいバイトだ。

午後は早い時間から自由になるので、曲を作ったり昼寝をしたり、気楽な身分だ。

あとは、ライブハウスで月に四、五回歌って、月収にすれば二十五万円弱になる。

ボーナスはないが、家に入れているお金はない。

マンションも睦美が一括で購入したため、僕の支払いはない。

睦美は生活費も請求してこない。

お金の使い道は、楽器類とアルコールとたばこ。

このままじゃ、道楽息子だな。

今日も難なくルーティンワークと化したバイト時間を過ごし、あと十分というところで主任が近づいてきた。

「堺（さかい）くん、急で申し訳ないんだけど、四時までいい？」

飲食部門を担っている主任は人がいい。

でも、段取りがいささか悪い。

「いいっすよ」

首をちょこんと下げて了解する。

「二時から会議室を使っていてね。まいちゃんが早上がりしたいって言ってたの忘れてたんだよ。三時頃に休憩するらしいから、コーヒーを足してくれるかなぁ。会議は四時に終わるから、コップを下げてくれたら、あとはいいから。助かったよ」

主任は物静かだけれど、頼みごとをする時だけ早口で多弁になる。

「いいですよ」

それじゃあ四時には終わらないっすねと思いつつ、また、首を下げて了解する。

「悪いねぇ。あっ、冷蔵庫にケーキがあるから食べて」

「あざーっす」

ケーキで喜ぶと思われているのか。

子供扱いしてって、少々思いながら、面倒だから軽く一礼しておく。

「あっ、他はゆっくりしてていいよ」

主任はその場を去っていった。

早速イチゴショートを手掴みでぱくりと食べる。

そして、コーヒーを飲む。コーヒーは僕の判断だ。

一杯くらい、ばれやしないだろう。

こんなところは大胆でいい。
ホテルのケーキもコーヒーも文句なしに旨い。
三時まで時間があったので、主任の言葉を素直に受け取り、喫煙所へ歩いていく。
たばこの煙を目で追いながら、昨夜の睦美を思い出す。
主任に気づかれないように、ポケットに入れている携帯電話を取り出した。
着信も受信もない。
何事もないと判断して、僕からは睦美に連絡はしない。
今夜は響子の店でライブだ。
バイト延長は問題ない。
リハーサルが始まる午後六時半に入ればいい。
音楽は日常の中にある。
気張りがない。気負いがない。緊張がない。
ライブはルーティン化しないようにしなくては。
響子の店は下北沢にある。ライブハウスというよりライブバーだ。
店内は縦長で、カウンターが七席。テーブル席もある。
モノトーンでノスタルジックを醸し出す、僕の好きな雰囲気。
店には音楽好きが集まってくるけれど、響子のファンも多い。

若い女の子たちが就職や恋愛、人生の相談に来ていて、カウンターで一人飲んでいると僕にも突然話を振られることがある。

ギターを弾くようになったのは十歳だ。勢いだけで、早々に挫折して、本格的にのめり込んだのは、まんまと睦美の作戦にはまったのか、誕生日、初ライブハウスの十三歳の夏。

ギターと言えば、忘れもしないあの日のこと。

僕は小学生の頃、友達もいたし、友達と仲も良かった。仲が良かった理由は、下校後も一緒に遊んでいたとか、マンガの回し読みが早い順番に回ってきたとか、僕の曖昧な物差しだけれど。

平穏に過ぎる毎日、友達四人と公園で走り回って遊んだ帰り際、残酷なフレーズが耳を突き刺した。

―嘘つき―

でも、その前の言葉に心を刺され、トドメに引き裂かれたのが正しい。

「仁って、お父さんいないだろ?」

「いる!」

何の根拠もなく強く言い返した。

「一度も見たことがない」

「じゃあ、今度の参観に連れてこいよ」

無邪気なのか陰険なのか、言葉の暴力をぶつけてきた。

―嘘つき―

最後の一発に、頭が真っ白になり、その場で吐いた。


僕は父を知らなかった。

物心ついた時から僕は睦美と二人だったから、それが普通だと思っていた。

まず、保育所の送り迎えで微かな疑問を持った。

その後、テレビの『サザエさん』でいろんな人がいるなぁと思って、『クレヨンしんちゃん』で決定的に、家族にはお父さんとお母さんがいることを知った。それでも、僕には兄や妹がいないように、お父さんもいないんだろうくらいに気にしなかった。

玄関で靴を揃えるとか、電車で列に並ぶとか、レジでお金を払うとか。

その時が来たら、必要なことは、睦美に教えてもらえると思っていた。

特に不自由もなく、睦美との生活自体に、不満や疑問を感じることがなかった。

でも、友達からの一撃は、父親への何かを感じさせたことは確かだった。

こんな気持ちで帰ってはいけない。

睦美と出かけた楽しい帰り道みたいに、川べりに座ろう。

僕は無事を知らせるために、ランドセルを玄関のドアにかけ、多摩川を目指した。

通過する電車に踏切で足止めをくらいつつ、いつもの場所に腰を下ろした。

じわりじわり、ぽたぽたぽた。

ほっとしたのか、我慢は、即、限界に達し、喉元にまで、涙は止まらなくなった。

人生初の悔し涙がいつかと聞かれれば、僕は多摩川のあの日を思い出すだろう。

悔しさを振り切り、怒りに化した感情は、友達四人を越え、自分だけに向けられた。

動くことにも疲れ、そこにあるだけの小田急線の鉄橋と時々通る電車をいくつも見送って、涙は枯れた。

いつの間にか、怒りはさっきとは違う感情に変わった。

悲しみだ。

怒りと悲しみは紙一重だ。

感情は巡り、振り子のように左右に揺れ、振れ幅が小さくなって、風化されていく。

静かに、冷たく、僕は僕の感情を視覚化して、指先で操っていた。

夕陽が真っ赤に川面を照らし始めた時、一匹の汚れた大きな三毛猫がやってきた。

「これ、あげて」

釣り人が僕に、残ったおやつ袋を託して帰っていった。

「食べる？」

ニャオーン。

大きな猫が呼んだのか、子猫が三匹集まってきた。団子になってがっつく子猫に、大きな猫は割って入り、お礼を言うように、僕にすり寄ってきた。

僕は、僕を待つ睦美を思い出した。

「ごめん、母さんが待ってるから帰るね」

袋からお菓子を一気に全部出して、立ち上がり、アパートまで走って帰った。

「ただいま」

睦美は玄関に鍵をかけているところだった。

「仁！」

僕に駆け寄った睦美は、泣き出しそうだ。

「車の事故に遭ってやしないかと思って、探しにいくところだった」

「大丈夫」

「車はね、自分が信号を守っていても怖いんだよ」

「うん。ごめんなさい」

「よかった。本当によかった」

睦美は遅い帰宅を叱りもせず、僕の無事を喜んだ。

「夕飯は炒飯。一緒に作ろう」

僕は野菜を切っている時も、味見を任せられた時も、盛りつける時も、食事中も、睦美に、父親について聞けないまま、あてもなくテレビを点けた。

「仁、どうかした？」

テレビがコマーシャルに入った途端、睦美は自然な感じで聞いてきた。

「僕は嘘つき？」

「どうして？」

頭にこびりついた疑問が口を衝いたが、睦美は顔色ひとつ変えず、テレビを消した。

「僕にはお父さんがいる？」

「いるよ。いないわけないよ」

「本当？」

「本当。一緒に住んでいないだけ。……会いたい？」

僕の意思に委ねられ、ぱっと明るく、胸のつかえがおりた。

「会えるの？」

「よし。電話番号を探してみる」

睦美は、この話は終了と言うように、冷蔵庫から缶のジントニックを出した。

今にして思えば、睦美の返答はおかしい。

会えるか会えないか、僕は知りたかったのに。

それでも、睦美が、友達に対して無実の罪を晴らしてくれた。

同時に、実際に会えるかどうか別にして、父親への期待で胸が膨らんだ。

「……仁のお父さんは、あの人だから」

ローボードの上の写真立てを指差した。

丸メガネ、長髪。

He is〝ジョン・レノン〟。

今もリビングに置いてある彼は、写真立ての中から僕らを見守るように、いつでも、家族のように、そばにいた。

当たり前すぎて、あえて誰かとも聞かなかった彼が？　僕のお父さん？

睦美の言うことは、疑いもせず、真に受けた。

睦美は、写真を手にした僕の頭を撫でて、自室に入った。

作業机の隣でオブジェになっていたギターを抱え、睦美は、チューニングを始めた。

僕の胸は躍った。

何が始まるの？

睦美はジントニックを軽く一口飲んで、足を組んだ。

聴いたことがあるようなメロディー。

『レット・イット・ビー』

演奏が終わり、睦美は、何事もなかったように頭を下げた。

「母さん、すごい」

「直々に教わったもん」

すなわち、ジョン・レノンに教わったのだと、睦美は得意げで気分上々だった。

後日談。

自信があったのはこの一曲だけで、CコードとFコードはいつも湿った音がしていたが、僕が興奮していて、ばれていないだけと睦美は暴露していた。

とにもかくにも、小学四年生の僕には、睦美が最高にかっこよく見えた。

数時間前の多摩川の川べりでのことなんて、ぶっ飛んでいた。

「歌い人、大好きなんだ」

睦美が笑った。

僕は、ギターが弾けるようになりたいと思った。

歌い人になりたいと思った。

自分のルーツへの探求心も手伝って、ギターを弾きたい衝動に駆られた。

一度、いや二度、いやいや、度々、挫折したものの、今、僕は歌い人だ。

あっ、そろそろ三時だ。コーヒーを注ぎ足しに行かなくちゃ。

僕は大きく背伸びをして、喫煙所を出た。


響子の店にはリハーサル開始予定の五分前に着いた。

「おはようございます」

「お疲れー」

ビールグラスを右手で上げ、睦美がカウンターに座っている。

「どうしたの？」

睦美は隣に座った荘さんと談笑し、僕には目もくれない。響子も、僕に目を合わせず、リハーサル終わりのミュージシャンと話をしている。

「ちょっとお手洗い」

睦美が席を外した隙に、この状況の理由を問いかけた僕に、響子は首を横に振った。

ライブは、いつも通り気持ちよく始まった。久しぶりにカウンターに座る睦美に、ギターを僕に出会わせてくれた感謝を込めて、ビートルズを一曲カバーした。

睦美は目を閉じて、身体を音に預けて、僕の音楽を味わっていた。

演奏後、ビールでくつろぐ僕に、馴れ馴れしい口調で声がかかった。

「おつかれー」

祖父江悠貴。

響子の店に出入りするギタリストだ。

他のライブハウスでも、過去に何回か共演をした。

「偶然だねぇ」

僕は彼があまり好きではない。

彼のギターの才能を認めていないわけではなかったが、馬が合わないというのか、絶対に一緒に音楽はできないと思うタイプだ。

ま、彼とは、ゆっくり話したことはなく、雰囲気だけで毛嫌いしているんだけど。

先日、その祖父江から、バンドを組まないかと誘われた。

瞬時に断るのは、顔を合わせた時に厄介だと思った僕は、考えもしないくせに、考えておくと言葉を濁した。そのまま、彼の気まぐれのせいにして、放置していた。

僕は大学に入って本格的に音楽を始めた。メンバーにも恵まれ、インディーズバンドイベント、音源発売、自主企画、関西ツアーと精力的に活動を続け、大学卒業後も、音楽活動を優先し、バンドに合わせてアルバイトを選んだ。メジャーデビューが確約され、いよいよこれからという二年前、二十四歳の時に、些細な言い合いが原因で、バンドは呆気なく解散。それでも、作詞作曲を担当していた僕は、強気で構えていた。実際、バンドの誘いもあったが、プライドが邪魔して、自分の才能をともにしていいと思える奴が見つからず、自らも意欲的にメンバーを探しもしないで、ずるずるきた。

学生時代から付き合っていた彼女は、バンド解散時に僕との未来を描いた。

陳腐な表現をすれば、僕なりに彼女を愛していた。

授業の代返や課題の手助け、大学を卒業できたのも彼女のおかげだ。

彼女の存在が、バンドの誘いに集中できなかった原因であることも事実。なのに、就職を口にされた時、理解者に裏切られた喪失感で、不遇をすべて彼女のせいにして憤った。なんでもかんでも、彼女に逆切れ、まともな彼女は、愛想を尽かし、別れを告げずに自然消滅。

音楽ができる環境を優先してきたわりには、些細な出来事で決められない。

僕の気持ちと行動は矛盾が多い。

いや、毎日が矛盾だらけ。要は、僕の人生は矛盾だらけだ。

そんな僕は、ようやく一年前からソロで歌い始めた。

「んで、堺くん、考えてくれた？」

何度も話しかけられていたのか、祖父江に顔を覗き込まれ、はっと我に返った。

「もう少し待ってくれませんか」

「わかった。用事があるから帰るね」

祖父江は潔く店を出ていった。

今度は、カウンター席を二つ挟んだ荘さんが、興味ありますって顔で、ぐんと近づいてきた。

「バンドの誘い？」

「はい、まぁ」

「響子ちゃん、祖父江くんはいい子やんなぁ？」

荘さんは、関西のイントネーションで、大き目の声で響子を巻き込んだ。大阪を離れ十五年経つらしく、自分を東京の人というが、抑揚は関西人そのものだ。

「うん。悠貴はいい子だよ。今日だって、ほんとうは仁に会いに来てたんだよ。二人、いいと思うんだけどな」

あいつは、時々、前奏のリフが走ってるぞ。

響子が褒める祖父江とは、ぜったい、一緒に、組むもんか。

「ほな、仁くん、また」

荘さんの弧を描くような抑揚が、僕を落ち着かせた。

「ほな、響子ちゃん、睦美さん、帰ります」

お客さんの全注目を受け、荘さんは去っていった。

響子に二杯目のビールを注文し、カウンターに出されるや否や大きく呷る。

気掛かりな睦美は客である女子大生たちのグループに入って歓談していた。

「仁、フルーツビール、美味しいよ」

目が合った僕に、睦美は手を振って笑ってみせた。

カウンター越しの響子が、声を出さずに十時だと僕に告げる。

このところの睦美の様子からすれば、シャッターを閉めるまで響子を待たずに、帰ったほうが無難だ。

「すみません」

僕は女子大生の輪に入る。

「睦美、帰ろうか」

「仁さん、歌、素敵でした。今度はいつですか?」

「ありがとうございます。次は来週の水曜日です。よかったら来てくださいね」

「あのー、睦美さんは仁さんの恋人ですか?」

「やだぁ、聞く?」

「え?　親子ですよ」

他人からもらう睦美への優越感は変わらず健在。

さておき、最近の睦美の言動が出ていないんだと、ひと安心。

共演者と客に挨拶を済ませ、睦美と下北沢の南商店街を通り抜け、駅へと向かった。
僕と二人になるとほっとしたのか、睦美の足取りがよたよたした。
仕方なく、睦美の腕を掴んだ。
睦美はにやりと笑う。
確信犯のようで、また僕はわからなくなる。
渋谷駅で京王井の頭線からＪＲ山手線に乗り換え、僕らは席に座った。
ギターを置き、睦美から解放され、すぐに目を閉じた。
「仁の歌はいいね」
僕は気疲れが出たのか、面倒になり、寝たふりをしていた。
「ねぇ、仁の歌はいいね。ビターズカバーもかっこよかったね」
睦美は鼻歌を歌い始めた。
〝ビターズカバー〟
睦美の大好きなバンド。僕が十三歳の夏に初めて見たバンド。
睦美には、十三年前と今がリンクしているのだろうか。
他の乗客の目も気にせず鼻歌を口ずさむ睦美に、他人のふりをして、やり過ごした。
大崎駅到着の車内アナウンスに反応せず、鼻歌を続ける睦美の腕を取った。
睦美は、にやりともにこりとも笑わなかった。

帰宅後、睦美のテンションが高くなった。機嫌がいいを通り越して、深夜近くだというのに、歌をせがんだり、大きな声で明日の予定を聞いてきた。適当な返事をする僕に、睦美は「おやすみなさい」と怒り口調で話を遮り、扉を閉めた。

どこかでごめんと思いながら、やれやれだ。

僕は窓の外を見ながら、ビールを開けた。

タイミングを待っていたかのように、響子から着信が入る。

「今から会える？」

朝が早い僕に、最終電車で来てくれるという響子に甘え、品川駅で待ち合わせた。

特に決めなくても高輪口が暗黙の待ち合わせ場所になっている。

自転車にまたがって、上半身をハンドルに預けて、過ぎゆく人の波に響子を待った。

「こんばんは」

他人行儀な挨拶は、さっきまで会っていたとは思えない。

間が持たない僕は、コンビニを指差し、自転車を響子に預けた。

買ってきたビールを前籠に入れると、タイミングよく、響子は自転車を僕に返した。

言葉なく、バイト近くの公園に僕らの足は向き、少し離れて、ベンチに腰をかけた。

イルミネーションで彩られた木々を見上げ、響子は大きく息を吸った。

「今日、睦美さんに呼び出されてランチしてきたんだ」

「はい」

緊張をかき消したくて、ビールを一口飲んだ。

「それなのに、睦美さん、私に話があるって呼び出されたって言うんだよね」

怖い。ビールを一気に半分飲み干した。

「ランチの途中でね、携帯が鳴って、仕事先の人に、明日の予定を確認されたみたいで。睦美さん、すっかり忘れてたようなの」

「はい」

「まっ、明日の約束だからね、問題ないと思うよ」

「はい」

「なんか最近、変わったことない？」

「……」

「何かあったらいつでも言ってよ」

「はい」

「……帰ろうか」

僕の意思がある無言を響子は察しているよね。

響子は僕を置いて歩き出し、慌てて自転車を取り、追いかけた。

「なんか、すみません」

「何が？」

「いや、なんかすみません」

「私が心配なのよ。……きれいだね」

響子は話を逸らすように、木々に飾られた青いイルミネーションを指差した。

クリスマスか。

僕にクリスマスは来るのだろうか。


翌朝五時。いつも通りの寝癖のままのコーヒーとたばこ。

睦美が起きてきた。

「おはよう」

「お、おはよう」

僕は聞いてみる。

「早いね、仕事？」

「うん。打ち合わせ」

「何時から？」

「四時に渋谷」

「それにしては早いね。僕も行っていい？」

あれこれ理由を聞かれると思いきや、予想は外れ、睦美は快諾した。

「じゃ、僕が帰るまで家で待ってて」

朝日を浴びる睦美に急かされ、僕は扉を開けた。


ルーティンワークでバイトを終える十分前、主任が近づいてきた。

今日はイエスマンにはなれませんよ。

「堺くん、ちょっといいかな？」

「すみません、今日はこのあと用事があって」

「いや、延長じゃないよ。あの、その、来月いっぱいで……」

主任から言い渡されるのが嫌で結論を奪った。

「終わりですか？」

「そう、そうなんだよ。ごめんよ。来年から経費削減のためにバイトは切り捨てることになってね。上からの命令。急で悪いんだけど」

申し訳なさそうなわりには〝削減〟とか〝切り捨てる〟とかはっきり言うよね。言葉を選んでよ。それに、主任が急なのは、いつものことだろう。

心の声とは反対に愛想よく、元気よく振舞えるのは僕の取柄だ。

「わっかりました！」

「もう、今日はあがってくれていいから」

作り笑顔とともに去っていく主任。

時計は一時五十八分。ケーキに続いて、二分のおまけ。

「あざーっす」

主任の背中に、僕は明るく弾けた。


『一月末で職なしブルース』をアドリブで歌いながら、僕は自転車を飛ばした。

不況にひっかけて、頭のギターは不協和音で歌い続ける。

いささか、狂騒曲で韻を踏む。

帰宅すると、睦美がスーツ姿で待ち構えていた。

「仁、行こうか。早く着替えて」

睦美はどこからどう見てもビジネス仕様の口調と品格。

まったくもってわからない。

「そこに出しておいたから」

睦美のスーツとコーディネートされた僕の開襟シャツがハンガーにかかっていた。

「あ、ありがと」

「仁、私の腕時計、知らない？」

「えっ、いつもの？」

「うん、いつもの」

「机は？」

「ない」

「洗面台は？」

「見た」

「もう一度探してみてよ」

部屋とキッチンを往復しながら睦美に答える。

「どこにもないんだもん。ねぇ、この前、仁に貸したよね？」

「返したよ」

「えっ、返してもらってないよ」

「返したってば」

「返してもらってないって」

「だから、もう一度見てよ。それか、違う時計あったろ？」

「やだ。あの時計がいい」

睦美らしくない。

「ねぇ、仁、探してよ。探してってば」

着替えを終えた僕は、コーヒーカップを取り出そうと食器棚に手を伸ばした。

「あっ」

解決。

「はい、あったよ」

僕が渡した時計を、睦美は無言で腕に装着した。

「睦美？」

「ん？」

「言うことは？」

「やっぱり仁だったじゃない。あー時間だ。行くよ」

出かける前のごたごたが嫌いでよかった。

こんな時は、僕がスルーすればいい。

それより、打ち合わせは大丈夫なのか。

心配が加速したまま、僕は睦美を追いかけた。


渋谷駅は、学生やスーツ姿の人たちが西へ東へ交錯していた。

睦美は、人混みをすり抜け、道玄坂にある目的地を目指す。

ヒール姿で颯爽と歩く後ろ姿に、僕は見惚れる。

「睦美、歩くの速いね」

「そう？　昔から足は速いのよ。着いた」

「よし、いい！」

バッグから小さな鏡を取り出し、自分の顔を見直した。

冗談交じりに睦美は僕を見て、ビルに入る時間を五分程、調整した。

どうして僕が仕事先に付いてきているのか、疑問は持たないの？

仕事の予定に興味を示すことも、同行を申し出ることも、初めてなのに。

仕事先は名の知れた出版社で専門誌のインタビュー形式の取材だった。

「こちらは新しいマネジャーの堺です。まだ名刺ができていなくて」

担当者に睦美は動じることなく紹介した。

「突然の同席を失礼いたします」

僕も新人マネジャーになりすました。

「いつもお世話になっています」

担当者は名刺を差し出して、一礼してくれた。

〝第二編集部　木村功〟と書いてあった。

郵送物で何度も見た名前だ。もう長い付き合いになるんだろう。

取材が始まった。木村さんがインタビュアーになり、質問形式で睦美が答えていく。専門用語とわかりやすさを巧みに選び、事例を示して会話を進める睦美に、僕の不安は払拭された。

カメラマンの撮影に配慮しつつ、一切、ペースを崩さない。

取材は予定より少し早く終わったようだ。

「木村さん、ごめんなさい。本当は息子なの。ほら、仁」

「ああ、ミュージシャンの。ご自慢の息子さんで」

木村さんは僕に笑いかけてくれたが、上手く笑えず、会釈で返した。

「ええ、自慢の息子。ちゃんと仕事している姿を見せておこうと思って」

睦美は新しいマネジャーだと紹介したことを詫びたが、木村さんはお見通しといった雰囲気で、数回うなずいた。

「次は七日。五十嵐（いがらし）さんとの対談、お願いします。前日に、五十嵐さんが連絡するって仰っていました。楽しみにされていましたよ」

「五十嵐さんに会うのは久しぶりなの」

「最近は、シンガポールに行き来しているみたいですね」

「ええ。海外に帯同している家族の支援プロジェクトって、メールが来ていました」

五十嵐さんという人も協力してくれるのだろうか。

木村さんは玄関まで見送ってくれ、ていねいな礼で挨拶してくれた。

隣の睦美も深々とお辞儀し、僕も慌てて頭を下げた。

親しき仲にも礼儀あり。

睦美の仕事ぶりを垣間見た気がした。

それにしても、ここ数日の睦美と目の前の睦美。

僕はまたわからなくなった。

—ちゃんと仕事をしている姿を見せておこうと思って—

僕の心配を察して同行を快諾したのなら、僕を掌の上で転がしていることになる。

道玄坂を下りながら、気がつけば、僕のほうが先を歩いていた。

行きの颯爽とした睦美ではなく、疲れている様子だ。

「大丈夫？」

睦美の歩くペースに合わせて、僕は隣に並んだ。

「うん。美味しいホルモン焼きの店があるから行かない？」

睦美は、渋谷センター街を抜け、店のある路地へ迷うことなく案内してくれた。

「ホルモン焼きでいい？」

「睦美のお薦めでしょ？」

「うん。絶対、美味しいから!!」

店の前で、気を遣い、断言もする。

やっぱりいつもの睦美だ。


帰宅し、睦美は上機嫌のまま身の回りを片付け、部屋に入った。

すぐに耳馴染みの曲が爆音で聴こえだし、僕は睦美の部屋をノックした。

「その歌って……」

「ビターズカバー。恒例の年末ライブに仁もよかったらって、メンバーからメールが来てたよ。もちろん、仁も行くでしょ？」

「うん。ねぇ、昼間、木村さんが言ってた五十嵐さんって睦美の取引先の人？」

「取引先っていうか、同業？　大先輩。彼は企業対象に、職場支援の一環でキャリア構築や雇用の安定とか、経営コンサルタントとして実績のある人よ。なんで？」

「男の人なんだ。睦美の仕事関係の人、知らないから。ほら、新人マネジャーだし」

「そうだねー。五十嵐さんは、考え方も人柄も尊敬できる人。今度、紹介するよ」

「おぉ、ありがとう」

睦美はやっぱり、睦美じゃないか。

ほっと、ひと息。冷蔵庫でキンキンに冷やしたビールを開けた。

最後の一本だ。

最後。このタイミングで思い出したくなかった。
自分の再来月からの職なしの現実を。
どうしようか。
飲むしかないな。
飲むしかないだろう。
僕はコンビニに買い出しに行くことにした。
買い物を終え、エレベーターを待つ間、ポケットから携帯電話を引っ張り出した。
響子だ。そうだ、今日のことを話しておかなければ。
一階のエントランス付近に移動して、夜風にあたりながら電話をかける。
仕事中だった響子に、早口で用件だけ伝えた僕に、響子は何か言いたげだった。
数秒の戸惑いの後、響子が客に呼ばれ、僕は接客を促し、電話を切った。
響子には、いつも感謝だ。
さぁ、ビール片手に、未開封の新譜を聴こう。
二十一階の自宅フロアに着き、鼻歌まじりに鍵をポケットから取り出した。
鍵穴へ鍵を差し込む――。
一気に酔いが醒めた。
鍵。

鍵がかかっていない。

「睦美！」

睦美の部屋に走り込む。

いない。

リビング、僕の部屋、トイレ、風呂場。

ベランダからは怖くて下が見られない。

あらゆるところを探した。

何度も名前を叫んだ。

いない。

僕は玄関から飛び出した。

エレベーターで最上階の三十階まで行き、階段を駆け下りながら、フロアごとに睦美の名前を大声で叫び続けた。

いない。

どこにもいない。

どこに行ったんだ⁉　どこだ⁉

携帯。

携帯電話を鳴らそう。

僕は階段を下りながら、ジーンズの後ろポケットに手を入れた。

ちょうどその時、着信音が鳴った。

「睦美っ‼」

「仁？」

「もしもし、睦美、どこ？」

息切れは収まらない。

「………」

「もしもし⁉　もしもし⁉」

僕は怒り交じりの大声を上げた。

「ご家族の方ですか？」

電話越しの男性の声。

落ち着いた雰囲気に優しい人だと思えた。

「はい。今、どちらですか？」

礼を言うことも忘れて、自分が知りたいことだけを尋ねた。

「スターマインマンション一階のロビーです」

えっ、マンションの一階⁉

「ありがとうございます！　すぐ行きます‼」

エレベーターの上りも下りも両方押してみたが、数秒でも待っていられず、今いる十五階から一気に階段を走り下りていった。

どうして？

どうやって？

一階のエントランスで響子と電話していたのに。

僕と同じ年くらいの男性と一緒に、ロビーのソファーに睦美は座っていた。

僕の心配をよそに、睦美は男性にしきりに何か話しかけている。

「睦美‼」

「あ、仁！　おいで」

睦美はジーンズを穿き、セーターの上にコートを羽織っていた。

スーツから部屋着に着替えていたはずなのに。

自分の意思で外出したのか。

「この子が、さっき話していた仁です」

男性は、戸惑いながら、僕に会釈した。

「すみませんでした」

僕は深々と頭を下げた。

男性は、一度も嫌な顔をすることなく、自動扉から出ていった。

「あ、ありがとうございました‼」

男性がいなくなるのを見届け、睦美に罵声を浴びせて憤慨をぶつけた。

「どこに行ってたんだよ⁉」

「どこって、仁を探してたんだよ」

やさしい口調。

「仁はまだ四年生でしょ？　こんな時間まで帰ってこなかったら、交通事故に遭ったんじゃないかって誰だって心配するよ。仁、どこに行ってたの？」

「……うん」

「本当によかった。寒くなかった？　風邪ひくよ」

「うん、ごめん」

拍子抜けしたおかげで、睦美を怒鳴り続けずに済んだ。

「仁、宿題終わったの？」

返答できずに、睦美の背中を軽く押してエレベーターの前に並ばせた。

睦美は、エレベーターから下りてきた見知らぬ人と笑顔で挨拶を交わした。

家に戻り、睦美をベッドへ落ち着け、ソファに転がった。

体の力は尽きているのに、思考は流れるように巡っていく。

睦美は、探しに来てくれていたのか。
だったら、心配をかけた僕に、どうして、やさしくいられるんだ？
眠れない。
リビングに行き、睦美宛に送られてきたお歳暮の山からアルコールを探した。
経済不況の中、たくさんの贈り物だ。
今日の木村さんとの様子からも、睦美のこれまでの仕事ぶりがわかる。
木村さん。
仕事の前日に確認の連絡をくれたのは、睦美の変化に気づいているからなのか。
次の予定にも、五十嵐さんという人が連絡するように、調整してくれているのか。
僕はアルコールを物色した。
酩酊を目的に酒を呷りたい。
今夜は久しぶりの酩酊飲みだ。
果てる先は酩酊が知っている。
意識が遠のくなか、変わりない睦美のやさしさに涙が溢れて止まらなかった。
あれからしばらくして、響子に呼び出された。
バイト帰りに響子の店に直行した。

「おはようございます」

休業日だったが、仕事みたいな挨拶で、淡々とテーブル席に腰を下ろした。

「単刀直入に言うけど」

「はい」

「睦美さん、この頃、変でしょ？」

「何がですか？」

咄嗟にしらばっくれた。

響子にしらを切る必要があるのか。

「気の悪い話だったら、ごめん」

「はい」

「睦美さん、認知症……じゃない？」

気分が悪い。それに、いきなりだ。

響子は沈黙に耐えかねたのか、コーヒーを淹れ始めた。

「ねぇ、仁」

「はい」

「睦美さんの言動、おかしいでしょ？」

「……おかしかったら、認知症ですか？」

響子への問いかけは喧嘩腰だった。

「怒ると話ができなくなるよ。聞いて」

テーブルに肘を突き、壁に掛かった海辺の絵を睨みつけた。

「受診、してみない?」

「受診って?　睦美はまだ四十八ですよ」

「今はね、若年性アルツハイマー型認知症といって、若い人の認知症も社会問題になっているんだよ。だから……陸美さ……」

「アルツハイマーとか社会問題とか、響子さん、いきなり失礼じゃないですか」

「ねぇ、聞いて。このま………」

何かを言いかけた響子に僕は吐いた。

「睦美が認知症なわけないだろっ!!」

これ以上ここにいられない。いたくない。

「話はそれだけですか?　なら、帰ります」

響子の目も見ず立ち上がり、ドアを開けた。

「ちょっと待って!　私、睦美さんのところに行って、昼ご飯作ったり、掃除したり、仕事のサポートしてるの!!」

「……いつから?」

「二週間前」

　僕は凍りついて動けなくなった。

　二週間前？

　響子が最終電車に乗って品川駅まで来てくれた、ライブの日あたりじゃないか。

「あのランチの時、睦美さんから相談されたの。少し前から、自分でもわからなくなるって。『若年性の認知症って知ってる？』って、睦美さんが言ったの。……自分がそうかもしれないからって、マンションの鍵を渡されて、仁のいない時間帯に時々見に来てほしいって。睦美さんの希望で、携帯電話のGPS機能を私の携帯と連動した」

「なんなの、それ」

　響子に礼を言うことも忘れ、店を出た。

　睦美の顔が浮かんでは消えた。

　どうして、僕じゃなくて、響子なんだよ。

　苛立ちが止まらない。

　下北沢駅までの南商店街は、クリスマスと忘年会に浮かれる人で賑やかだった。

　すべて、うるさい、うざったい。

　苛ついたままコンビニに入り、ビールの大缶を買い、ごみ箱の前で立ち飲みした。

「あ、堺くん？」

祖父江だった。

こんな時にこいつか。

「一人？」

彼は、軽快な足取りで近づいてきた。

ライブの打ち合わせ帰りだと、聞いていないのに祖父江は言ってきた。

「……よかったら、飲まない？」

祖父江を誘ったのは僕だった。

「本当？　うれしいなぁ。うちに来る？　買い出しに行ってくるから飲んでてよ」

僕の返事を聞く前に、祖父江はコンビニに入っていった。

ガラス越しに僕と目が合った彼はうれしそうに手を上げ、早々にレジ袋をぶら下げて、コンビニから出てきた。

「多摩川……行かない？　って言っても、この寒空に、この時間から……ヤだよね？」

「ぜひ！　ちょうど会わせたいベースが登戸に住んでるんだ。その前に、はい」

彼は袋からビールを出してくれた。

「もう空っぽだろ？」

「祖父江くん……」

「誰かと飲みたかったんだろ」

「え？」

「そんな顔してたよ。早く開けて。乾杯！」

僕らはお互いに力いっぱい缶ビールを当てた。

「堺くんさー、初めて名前呼んでくれたねぇ」

照れ隠しなのか、彼は天を仰いでぐびぐび飲んだ。

祖父江はいい奴かもしれない。

ごめん、響子の言うことは、いつも正しいよ。


駅に向かって歩き出した祖父江を追って、そのまま小田急線の電車に乗り込んだ。

睦美のことが心配だったが、帰りたくはなかった。

『祖父江と偶然会って、今から飲みます』

多摩川の川べりに着いてから、響子に勝手なメールをした。

即レス。

恐々、受信メールを開いた。

『行ってらっしゃーい』

思わず、携帯電話を握りしめて、多摩川に向かって叫んだ。

「むつみぃー。きょうこぉー。そぶえぇー」

「なんだよぉ～、さかいぃ～」

すでに出来上がっている祖父江は親しげに肩を組んできた。

僕は気持ちよく肩を組み返し、言葉なく、バンドの結成になった。

多摩川の川べりで小田急線の終電を見送り、あたたかい師走の風に深呼吸した。

祖父江にベースを紹介してもらい、ギターを抱いたら、ものの五分で意気投合して朝帰り、いや厳密には昼帰りとなった。

響子はいなくて、睦美に僕とのやりとりを話していないことを察した。

「仁、お帰り」

「ただいま」

「珍しいね。お昼帰り」

「うん、今日バイトは休みだったしね。睦美、仕事は？」

「年末締め切りが三本あるから自宅作業」

半信半疑。

睦美に執筆作業ができるのか。

「そう、がんばって」

「うん、ありがとね。あっ、仁……」

「何？」

「この前、ほら、渋谷の木村さんのところに行った時」

「うん」

「時計、ごめん。仁に返してもらってたよ」

「あ、うん。何であんなところに置いてたの？」

「……それを覚えてないんだよね。この頃、忘れっぽくて嫌になっちゃう」

睦美には自覚があるの？

「仕事でミスった？」

「いや、それは大丈夫」

「そう」

「ねぇ仁、私、他にも何かやってない？」

睦美は、僕を探しに家を飛び出した夜のことは覚えていないようだ。

「うん。まっ、睦美がうっかりしているのはいつものことだし」

「なら、いいか」

「冗談だよ。何かあれば言うよ」

「仁、お風呂、入ってきたら？」

「うん。ありがと」

睦美の不安な告白が気になりつつ、入浴でリラックスした身体でベッドにもぐり込み、そのまま睡魔に引きずり込まれた。

いったい何時間寝ていたんだろう？
ここのところの疲れが溜まっていたのか。
十分すぎるほど深い眠りについていた。
寝起きのコーヒーで、すっきり目覚めよう。
時計は八時。リビングのカーテンを閉めない窓が、夜だと教えてくれた。
テレビは点けたままだ。
睦美は寝ているのか。
嫌な予感。
睦美の部屋をノックもせずに、ドアノブを回した。
同時に扉の向こうからむっとした熱気が溢れ出てきた。
「睦美⁉」
ベッドから半分ずれ落ちた睦美を抱え、何度も名前を呼んだ。
睦美は意識が朦朧とし、うわ言すら、呂律が回らない。
電気ヒーターの設定温度は二十五度。
安全装置はどうなっているんだ！

自動的に一定温度を保つはずなのに。

睦美の唇は乾燥し、脱力して、呼びかけにも応えない。

僕はキッチンへ急ぎ、水道の蛇口を強打した。

勢いが良すぎた水は、コップから溢れ出ていく。

ロスタイムに手を震わせ、それでも、なんとか、睦美の口に含ませた。

最初、反応が悪かった睦美は、やがて喉の渇きを自覚したのか、上半身を起こし、コップを自分で持ち、音が出る勢いでごくごくと流し込んだ。

自発的に動き出した睦美に、何枚も重ね着していた上着を脱がせた。

僕はすぐに汗だくになった。睦美は暑いと繰り返し、脈絡のない話をした。

睦美を案じて、大袈裟かと思いながらも救急車を呼んだ。

幸い救急病院の一軒目が対応してくれた。

医者の診断によれば脱水とのこと。僕の応急処置を褒めてくれたが、同時に、咎められている気がして、医者の顔をまともに見ることができなかった。

「お大事に」

足元がおぼつかない睦美を車いすに乗せ、見送ってくれた看護師にも、裏口の警備員にも、早歩きでおじぎをしながら、タクシー乗り場を目指した。

運転手に行き先を告げ、家まで運んでくれると思うと、僕はようやく安堵した。

隣では、睦美が窓にぴったりと身体をつけて、過ぎゆく景色に夢中になっていた。
看板やネオンの大きな文字を指し、漢字も英語も関係なく、すらすら読んでいく。
睦美側の耳を片手でふさいで目を閉じ、考え込んでいるふりをした。
運転手にどう思われてもいい。
どうせこの人とは、もう会うこともない。
「あっ、救急車！　仁、救急車だよ」
「あぁ」
さっき自分が乗ったことは忘れたの？
そんなに都合のいい性格だった？
睦美はどうなっていくのだろうか。
悪い方、悪い方へ引きずり込まれそうになった時、着信があった。
「もしもし。今、タクシーなんで」
響子に否応なく、電話を切った。
聞いてほしかった。
でも、その場で泣き出してしまうことは、僕自身が一番よくわかっていた。
朝五時。昨夜のことはなかったかのように起床する。

そのまま、寝癖のままでコーヒーとたばこ。

いつの間にか、ベッドの睦美を確認してバイトに行くこともルーティン化していた。

あともうひとつ。食器。

睦美が洗った後のコップやお皿は、洗剤でヌルヌルしていたり、油汚れが落ちていないことに気がついていた。


「堺くん」

珍しい。早朝から、主任が僕の出勤を待ち構えていた。

「あ、おはようございます」

「来月末までってお願いしてたけど、来月の十五日までって……あの、急だよね」

「人員削減のためのバイト切りですか？」

「やだなぁ、堺くん」

「いいですよ」

「いいの？」

いいと思った。

睦美のことを思うと早いほうがいい。

「冷蔵庫のケーキ食べていいですか？」

「いいよ。いい。ホールごと持って帰って」

主任はケーキのお持ち帰り用の箱を作り始めた。

「帰る時に自分でやりますから」

「そ、そう？　一番大きいの持ってって。クリスマスだし」

「いいんですか？」

そのつもりだけど、一応、聞いてみる。

「いいよ、ありがとね」

いい。いいよ。お互いに角が立たずにラクですね。

「あ、まいちゃん。ちょっといい？」

話の途中で、主任は次の対象に向かって声をかけた。

「じゃあ堺くん、そんなわけで」

「はい、あざーっす」

能天気を装い、現実を振り払った。

クリスマスか。

メリークリスマス、ジョン・レノン。

「では、堺仁の新曲です！　『クリスマスにリストラ早まったブルース』」

バイトからの帰路、ＭＣに始まって大声で歌いまくった。

だめな僕を見てくれと言わんばかりに、信号待ちをしている間も歌い続けた。

我ながら、人様に迷惑だろうと思いつつ、音楽は唯一のセルフケアだ。

玄関の前で、僕は気持ちを切り替えた。

「今日はクリスマスだから豪華に行こう。ジャーン!!」

僕はハイテンションのまま、効果音付きで、主任にもらったケーキを見せた。

「あら、誰の誕生日?」

睦美の真顔にハイテンションは加速した。

「メリー、メリー、クリスマス!!　主任にもらったんだよ」

「そうか、クリスマスね。食べよ」

今夜も酩酊飲みと決めた。

一刻も早く酒を呷りたくて、窓の外は明るかったけれど、ケーキを切った。

睦美が機嫌のいいうちに今日を終えてしまいたい。

ナイフの入れ方を迷うほど、思った以上に大きなケーキだ。

手についた生クリームは、さすがのホテル仕様、旨い。

「半分こで、贅沢に分けよ」

「うん。明日も食べたいから、私の分は残しておいて。仁は食べてよ」

響子の分だろうか。

クリスマスを忘れていたのに、響子に配慮できる睦美がまたわからなくなる。

僕はわざと聞いてみた。

「今日何してたの？」

「書いてた」

「他は？」

「特にない。こう見えて忙しいの」

「お昼何食べたの？」

「パスタとサラダ」

響子が作ってくれたのかな。

「仁は？」

質問してくる睦美。

「サンドイッチ。残りもの。オーダーミスで得したよ」

「給食はサンドイッチだったんだ。このケーキ、本当に美味しいね。聡(さとる)くんによろしく言っておいてね」

脱力。訂正するのは面倒だ。

「……あ？　う、うん。伝えておくよ」

「ねぇ、仁。歌ってよ。クリスマスだし」

「そうだね」

僕はギターを抱えて、飲んでは歌った。

「片付けはやるから」

「いいよ」

「歌のお礼」

「じゃ、遠慮なく」

「了解！」

「睦美……」

「ん？」

「ありがとね」

あとは睦美に任せることにして、僕は自室に戻った。

どうせ僕がまた洗い直すのだから。


部屋に戻り、もやもやが渦巻いてきた。

それにしても、あんな時はどうすればいいんだろうか。

本当のことを言うのか、さっきみたいに話を合わせるのか。

おもむろに開いた携帯電話から、さほど関心のないニュースが流れる。
今日は、クリスマス。そうか、クリスマスだ。
〝ハッピー・クリスマス〟
英語の時間に先生に教えてもらって、この部屋で聡と一緒に歌ったな。
ユーチューブの本人映像に懐かしくなり、聡にメールをしてみた。
『久しぶり。明日は仕事？』
聡と僕を近づけてくれた睦美を思い出し、ベッドに寝っころがった。

聡との出会いは中学校の入学式。
小学校を卒業して大崎に引っ越してきたから、転校生みたいな感覚だった。
五十音順に名前が並ぶクラス発表を目で追ってみても、クラスメートは誰でもいい。
一年一組に自分の名前は見つからず、僕の視線は二組へ。
担任の名前を過ぎ、『市川聡』の文字が飛び込んできた。
なんて読むのだろう。
とにかく、その三文字が印象に残った。
その五つ先に僕の名前があった。
教室の座席は名前順で、僕と聡は一番前の隣同士になった。

聡の席のまわりには、数名のクラスメートが集まっていた。手持ち無沙汰でペンケースを整理する僕に、気さくに聡が話しかけてくれたおかげで、初日のうちに、数名のクラスメートが新入りの僕を認識してくれた。『聡』の読み方に、さらに関心が強まった僕は、自己紹介に期待した。

「いちかわ……」

ガタン――。

誰かが机を動かし、肝心なところが聞こえなかった。

帰宅して真っ先に、紙に『市川聡』と書いて、睦美に見せた。

「何て読むの？」

「いちかわさとし」

「さとし？」

「いや、さとる？　いや、あきら？」

「あきらって読むの⁉」

「けんた？」

「母さん、冗談？　それ誰？」

「元彼の名前だよ」

「もう、いいよ」

「〝あきら〟まではホント。市川君に聞いてごらん」

「えー」

「はい、母さんにも教えてね」

まだ、【母さん】って呼んでいたなぁ。

どんなに小さな疑問も睦美に聞いてきた。

超難題でも睦美は解決してくれると思ってきた。

本当は、睦美は僕の性格を知っていて、いつだって背中を押してくれていたんだね。

「仁も〝ひとし〟って思われてるかもね」

僕は【仁】という名前が気に入っていた。

響きも、【堺仁】という二文字のバランスも。

「何で仁ってつけたの？」

「私、ジントニック好きなのよ」

「それだけで？」

「それだけじゃないよ。ジョン・レノン。ジョン、ジョン、ジョン……ジン」

「無理があるって。お酒にダジャレ？」

「そっ。いずれにしても好きなの、仁が」

睦美のユーモアは時々、度を越えていた。

結局、なんだかんだ言って、僕はいつでも睦美を許してきた。

今日も睦美のおかげで聡を思い出せたよ。

そうやって、どんな些細なことも、睦美には感謝で終わっていた。

「仁！　仁！　仁‼」

睦美への敬慕は、けたたましいノック音と同時に開いた扉で遮られた。

「その金槌、やめてくれない？」

「ん？」

「うるさいよ。こんな時間に、ご近所迷惑」

「何のこと？」

僕は横たわっていた身体を起こして、もう一度聞いた。

「何が？」

「何がって、その大きな音。釘、打ってるの？」

呆れて、物が言えない。

「それと、今から大事なお客様が来るから、いい子にしていてね」

「……睦美？　聡にケーキのお礼、言っておいたから」

「また、ふざけて。ケーキは主任にもらったんでしょ？　聡くんは、もう一年もうちには来ていないじゃない。それから、ほら、あれ」

「あれって？」

「あれだよ、あれ」

「何？」

「あれ、ほら、何だっけ、あれ」

「だから、何？」

「もう、いいわ」

睦美は扉を強く閉めた。

僕はギターを抱え、荒れ狂う勢いで弾きまくった。

睦美が叱りに来たらそれでいい。

けれど、睦美は部屋に来なかった。

苛々したせいか、喉が渇いた。

冷蔵庫にビールを取りに行った。

いつの間にか四本目。ぬるくてもいい。

睦美を試すように、飲みながら歌った。

それでも睦美は部屋に来ない。

静かな夜。

最近はこの静けさが不気味だ。

でも、僕から睦美にとり合う気持ちにはなれない。
強く閉めた扉。
あんな乱暴な睦美は、初めて見たんじゃないか。
メールの受信音。
聡は、昨日も会っていたような距離感で、飲みに行くかと先に言い出してくれた。
明日は仕事納めらしく、店で落ち合う前に、聡の職場へ顔を出すことにした。
聡に聞いてもらおう。
睦美をよく知る聡に相談するのが一番だ。
気のせいだって言うだろう。
それで、僕の不安は晴れる。
聡からのメールに希望を膨らませた。

着信。
響子だ。
出たくない。
放置。
留守番電話に切り替わった途端に切られた。

再び着信。

出ないわけにいかない。

響子には、結局そんな気持ちになる。

「もしもし?」

「仁、今いい?」

「はい」

「睦美さん、病院に行った?」

またその話か。しつこい。

「いや、行ってないです」

「えっ、何で?」

何でと言われても。

「介護保険って知ってる?」

ほら、またいきなり。

「はい」

響子は、いつになく、責め立てるような強い口調で話を進めた。

「介護サービスを使ったらと思って」

「誰が?」

「睦美さんしかいないでしょ」

睦美さんしか。

はい、アウト。

「介護保険とかそういうの、使うつもりはまったくないんで」

「使うつもりがないって、介護保険のこと、知ってるの？」

「だいたい介護保険って高齢者が対象ですよね？」

「仁、高齢者っていくつから？」

そのあとに続く言葉が『知ってるの？』だと想像できた。

うざい。うざい。うざい。うざったい。

響子は、僕の空気を遮るように、一方的に話を続けた。

「六十五歳未満でも、医療保険に加入している人は第二号被保険者として十六の特定疾病に認定されれば利用できるの。若年性アルツハイマー型認知症もそのひとつ。受診して、主治医の意見書が必要になるんだけどね」

響子の知識には感心する。認めます。

でも、だるい。めんどう。電話を切りたい。

すぐさま、スピーカーモードにして、ギターの弦を無音で弾き始めた。

電話越しで僕が見えない響子は、介護保険創設の理由に遡って、申請方法やサービス内容など、区役所の担当窓口のように説明を続けた。

「だから、介護保険を利用するメリットはね」

「……もういいです」

「何で？」

「わかりました」

「わかったって何が？」

「メリットはわかりました」

「メリットがわかったってね、行政は親切に、『堺睦美さん、介護保険を使ってみてはどうですか？』って連絡してくれないのよ。日本の制度っていうのはこちらから申請して初めて、利用が可能になるの。自分で動かなきゃだめなのよ」

「でも使う気はないですから。僕だってネットを使うし新聞も読んでいます。介護保険自体は知ってるし、利用すれば何かがあるってことくらいわかっています。それに睦美は本人がどう言っても若年性なんちゃらではありません。響子さん必死すぎます」

　僕は応戦するみたいに一気にたたみかけた。

「……そう。じゃ」

　あっさり電話を切られた。

響子にとっても、大切な睦美がこの先、頼りない僕に委ねられているかと思うと必死になるのがわからないこともなかった。

でも、誰からのアドバイスもノーサンキュー。

それがたとえ、響子でも。

時間が経てば経つほど、響子の電話の切り方にも、今まで感じたことがなかった上から目線にも、やるせなくなってきた。

僕はビールを開けた。

酔いが深まるなか、それでも、睦美の来客は気になっていた。

最後に時計を見たのは深夜二時。

もちろん、来客はなかった。


次の朝、久しぶりに睦美の部屋に入り、顔をちゃんと見た。

すやすやと寝息を立てて眠る睦美は、相変わらず美しい。

マザコンと揶揄されても、美しいものが美しいと安心する。

残り数えるほどになった早朝ルーティンワークへ向かった。

自転車置き場でメールの受信音が鳴った。

朝は分刻みで行動が脳内インプットされているが、僕は気になりメールを開いた。

『できることがあれば、いつでも言って。夜、家に行っていい？』
朝五時すぎから、する必要のないメール。
響子、寝ていないのか？
『はい、待っててください』
今日は響子の店は休みだ。
聡と約束があるから、留守番みたいになるけれど、偶然だ。
でも、遅くなるとは言わなかった僕は、響子に甘えている。

バイトが終わり、聡の勤めるスイミングクラブがある飯田橋駅に向かった。聡は、中学校時代から部活には参加せず、クラブチームに在籍して活躍していた。水泳の時間は、先生に手本を頼まれ泳ぎを披露し、人柄も相まって学校の人気者だったが、のちに彼が国内大会や世界大会で活躍する選手になると、当時は全く知らなかった。二十歳と二十四歳の二回、オリンピックに出場し、彼の勇姿は国民に勇気を与え、歓声を上げる者、静寂になる者、それぞれの胸を熱くした。
この先も世界の舞台に立つと、世間も聡自身も疑わないなか、突然、引退を表明した。聡の妹が十八という若さで難病を患い、過酷な闘病の末、死を遂げた。祖母はそのショックが引き金となって、うつ病を経て、認知症になった。両親が娘を亡くした悲しみに明け暮れることもできず、祖母の介護にあたる姿を見て、聡は現役の表舞台から去ることを決意した。惜しまれる声と批判にも負けず、引く手あまたな就職先を蹴って、彼は恩返しがしたいと、幼少期に自分を育ててくれたコーチが在籍するスイミングクラブに勤務した。当時は新聞などマスコミが彼の選択や状況を美談にした。反対に、事実と異なることが書かれてあっても彼は寡黙だった。僕は聡を尊敬してきた。

プールのギャラリー席には、数名のスクール生の保護者が我が子を見守っていた。子供らが何往復もする、ひたむきな泳ぎに、僕の心は強く波打っていた。目の前の圧巻な光景に刺激され、ふつふつと湧いてきた嫌悪感。

僕は何をやっているんだ。

仕事はリストラ。

音楽すら中途半端。

睦美への態度。

響子には勝手三昧。

思い出せよ、聡の決断力と行動力。

見ろよ、子供達の無心の泳ぎ。

僕は浮遊して、酩酊しているろくでなしだ。

負の連鎖が押し寄せてきた時、子供たちが一斉にプールから上がり、聡が指示をするでもなくプールサイドに整列した。

聡はスイムキャップをかぶり直し、ゴーグルをかけた。

ギャラリー席のママたちがざわつく。

「市川コーチ?」

「えっ、泳ぐの?」

飛び込み台に立った聡は、僕のほうを見た。

誰も気づかなかった一瞬のこと。

それでも、僕には、その意味がわかった。

専門種目のバタフライで、水と一心同体であっという間にターンして返ってきた。

あの頃のようだ。

ガラス越しの子供たちは、きらきらと目を輝かせ、聡に拍手していた。

僕の耳にはママたちの感嘆の声が聞こえてきた。

一直線先の聡は、僕に大きく手を振った。

子供たちは、全員振り返り、ギャラリー席を見上げた。

注目された気恥ずかしさは誇りになり、聡のおかげで嫌悪感は軽々と払拭できた。

残務がある聡より先に新宿へ出た。楽器店巡りはぐっと堪え、書店で立ち読みをして時間をつぶし、聡からのメールを合図に馴染みのビアホールを目指した。

「とりあえず黒ビール二つ、大で。仁は黒だろ？」

「ああ、ありがとう。覚えててくれてるんだ」

「そりゃ、そうだよ」

「今日はよかったの？　忘年会とかは？」

「もう終わったよ。それより睦美さんは？」

「……まっ、相変わらず」

「アクティブ？」

「……まっ」

「そうか。この前も雑誌で見たよ。ほんと、いつまでも若々しくてかっこいいよなぁ。よく恋愛相談もしたよな」

「聡はね。それより仕事どうなの？」

話を逸らしたかった。

「なっ、睦美さん、今から呼ぼうよ」

「えっ？　今から？」

「睦美さんなら、来てくれるだろ」

「今日は仲のいい人と忘年会みたいだよ」

響子が一緒だから、嘘ではない。

「年末まで夜はそんな感じみたいだな」

「そうだろうな。忙しい人だもんなぁ」

睦美を知る聡に、朽ちていく状況を聞いてもらいたかったんじゃなかったのか。

仁の思い過ごしだよって、言ってほしかったんじゃないのか。

「今度、睦美さんのいる時、家に行っていいか?」

だめだよ。ばれてしまうから。

「都合聞いておくよ。まっ、忙しくしてるから、いつになるかわからないけど」

「うん、頼むよ」

聡に不親切だと思いつつ、そう答えるのがやっとだった。


四杯目の黒ビール大をお代わりする頃、いつもの流れで、奥深い話になった。

水泳のタイムを上げるなら、練習で意識するのは、どこなのか。

専門的なことは何ひとつわからなかったが、世界の大舞台で闘ってきた聡の話には、人生に通ずるヒントが必ずあった。

今日も、僕の靄(もや)が晴れると期待していた。

「たとえば、規定の制限タイムを切らなければ、その大会への出場資格はないんだ」

聡は経験を踏まえて、亮という自分の教え子を例に挙げた。

「百メートルだといい結果で入賞できるんだけど、二百メートルになると百で勝てていたライバルに負けるんだ」

「スタミナ不足で負けるの？」

「それもある。けど、うちの亮はフォームで勝敗が決まっているのかもしれない」

「亮くんは、フォームが悪いの？」

「悪いというか、改善の余地はあってね。それでも、百だと優勝したりするんだ」

「じゃ、亮くんの弱点は？」

「弱点？　亮にフォームが備われば百のタイムも上がるし、二百でも勝てると思うんだよね。でも亮に限らず、前提っていうかね、たとえば、腕立て伏せを回数こなしたところで、使われるべき筋肉が鍛えられていなければ、成果はいざという時に発揮できないだろ？　そういうところがあるんだよ」

睦美と僕に置き換えてみた。

受診して疾患名と対応法を知るってことだろうか。

対応法の前に疾患に対する知識はない。受診の気すらない。

頭の中で巡る睦美との日々。

「基本や基礎を理解していないと結局は遠回りだし、限界がすぐに来るよ」

聡は自分の真剣さに気づき、空気を変えるように、フライドポテトを注文した。

「あっ、俺、介護の資格、取ったんだ」

「え?」

「初任者研修だよ」

「いつ?」

「半年前かなぁ」

「何でまた? おばあちゃんの?」

「まぁね」

「おばあちゃん、元気なの?」

「最近、介護付き有料老人ホームに入ったんだ」

「そこって、ずっと面倒を看てもらえるの?」

「いや、どうなんだろうね。病気が悪化したら、入院するのかなぁ。看取り、あっ、亡くなるまでね、面倒看てくれるところとか、いろいろあるみたいだね」

「ほら、〝特養〟っていうのは終身じゃないの?」

「仁、詳しいね。そう、亡くなるまでね」

「いや、詳しくないよ。あれ、何て言うんだっけ?」

「特別養護老人ホーム」

「そうそう」

「近くは待ちでいっぱいだった。費用のことも考えて、最初は順番を待ってたんだけど、そんな悠長なこと言ってられなくなってね」

「おばあちゃん、何かあったの？」

「認知症が進行してね。俺の妹が死んだのはお袋のせいだって泣き喚いたかと思えば、お袋の手を取って、ありがとう、ありがとうって感謝したりね。面倒看るのはお袋。親父は仕方ないけど仕事だろ。お袋だって、パートはあるし、ストレスが溜まったのかな。辛抱強く介護してたと思うよ。でも二十四時間三百六十五日だもん」

「……」

「お袋が少しでも愚痴こぼすと親父は仕方ないだろって、カッとなるけど、心の中では感謝してると思うんだよ」

「うん」

「親父とお袋の仲が厳しくなっても、俺は、見てることしかなくて」

「だから、介護の資格を？」

「そうかなぁ。罪の意識かなぁ……。なんて冗談だけど、スイミングの子供たちや大人のクラスでも、介護の勉強をしたことは助かってるよ」

「どんなこと？　介護が必要な人が生徒にいるの？」

「いや、〝受容〟とか〝傾聴〟とか。相手の気持ちを考えたり想像したり、相手の立場になって話を聴くとかね。大人でね、水着を着るのが何年ぶりとか、体型が変わってて恥ずかしいとか、そういう人がいるって考えたことがなかった。俺は速くなるために泳いできたけど、健康のために泳いでいる人もいるんだよね。〝個人の尊厳〟とか〝個別化〟とか、そんな言葉が出てきて、指導者として反省した」

「……なろうと思わなかった？　あっ、聡には天職があるけどさ」

「介護職になろうと思わなかったというより、無理だと思ったな」

「無理？　どういう意味で？」

「何でだろう」

　聡のジョッキが空だ。

「黒？」

「うん、黒」

　店員を呼び止めて黒の大を二つ注文した。

「介護の資格って、実習に行けばいいの？」

「実習は学校によって違うみたい。俺のところはなかったから、課題を自宅でやるのと、教室で移動介助とか食事とか更衣の実技をやったよ。クラスの人たちと施設のボランティアに参加させてもらったけど。仁、興味あるの？」

「いや、興味というか、知り合いがね……介護が必要とかで」

「そうなんだ」

「……まだ四十代後半らしいんだけど、認知症じゃないかって心配してるんだ」

「そうか」

「四十代なら、ならないよなぁ？」

聡の返答を祈る思いで待った。

「いや、今はわからないよ。若年性アルツハイマー型認知症って知らないか？」

撃沈。

「施設で認知症の人に会って、言い方は間違っているかもしれないけど、人間の〝果て〟を見た気がしたよ」

「人間の〝果て〟？」

「ここがどこかも、家族も、自分が誰かもわからなくなってしまうんだから」

「聡のおばあちゃんも？」

「もうずいぶん前に俺を忘れたよ」

「聡を誰だと思ってるの？」

「そこらへんのお兄さんじゃないか」

「……聡はそれで平気？」

「仕方ないよ」

「だって、自分のことすら誰だか忘れてしまってるんだから」

「うん」

「……そう思うまでに時間はかかったよ」

「うん」

そうだよね。

聡の選択をあらためて尊敬する。

「だから、俺は介護職にはなれない、無理だって思ったのかな。介護職は人生の終幕を締めくくるお手伝い。本人も家族の日々も支える奥の深い仕事だと思うんだ」

「うん」

「もち、俺の仕事だって素晴らしい仕事だけどね」

聡は揚げたてのフライドポテトを頬ばって笑った。

「そうだよな」

「近々、おばあちゃんのところに行ってくる。仁のおかげでそんな気持ちになった」

「うん」

「……それより、脱いだだろ？」

聡がにやりと表情を変える。

「そうだよ、脱いだよな。見た？」

聡は、僕らが中学生の時に人気絶頂で憧れていたアイドル歌手が、ついにヌードになった気軽な話題に切り替えた。

「ショックだろ？」

「仁のほうがショックなくせに」

「いやぁ、今はニコちゃんだから」

僕はお気に入りのモデルの名前を挙げ、決めポーズを真似てみた。

「仁は移り気だよなぁ」

「まっ、聡の次にモテるんでね」

「よく言うよ」

僕らは最後に、一杯ずつお代わりをしてから店を出た。

「よいお年を。あっ、睦美さんによろしく」

最後に聡は睦美のことを言い、手を振った。

聡と新宿駅近くで別れた後、僕はＪＲ山手線のホームに向かった。

携帯の時計は二十三時四十分。

『今、新宿駅。帰ります』

響子にメールを送った。

すぐに着信音が鳴った。

響子？

着信は懐かしい名前だった。

「もしもし？」

「あっ、仁ちゃん、久しぶり。遅ぉにごめんやで」

電話の相手は、神戸のライブハウスでブッキングマネジャーをしている鄭さん。

「ご無沙汰しています」

「いややなぁ。硬いわ。ほんで、いつ来てくれるん？」

「え？」

「ソロでやってるらしいやん。もう一年くらいになるんちゃうん？」

「はい。どうして？」

「そりゃ、仁ちゃんの人気は根強いもん。ファンの人に『アンダーエンドの仁さんのライブはいつですか？　呼んでください』って何回も言われて、俺、困ってるんやから」

「はい」

「そないなわけやから、連絡ちょうだいな」

「はい！」

「皆、待ってるんやから、早めにな」

鄭さんのアフロヘアとちょび髭を思い出し、足取り軽く、当時の歌を口ずさんだ。

迷いなく神戸に心が向いた僕は、睦美を置いて行けるかどうかの現実も、今待たせている響子も、すっかり忘れていた。


玄関の扉を静かに開け、小声の〝ただいま〟で、様子をうかがう。

年末のお笑い特番を眺めて、響子が一人でリビングのソファに座っていた。

「ただいま……帰りました」

「お帰り。ちょっと、仁！」

今日は、朝まで叱られよう。

「手、洗って、うがいしてよ。風邪、流行ってるんだから」

「はい」

なんだ、そこか。

石鹸で入念に手先を洗い、冷蔵庫のビールを取りに行った。

ご機嫌取り用、響子の分も忘れない。

響子はビールに手を伸ばしたが、お笑い番組から目を離さない。

「今日、睦美はどうだった？」

「夕飯の片付けも手伝ってくれて、入浴剤も気に入ってくれた」

「ありがとうございます。……どこ行ってたか聞かないんですか？」

「睦美さんが怒ってたよ」

質問に答えていない。

「帰りが遅いって？」

「仁が睦美さんのパソコンを勝手に触ってるって」

「あり得ないって」

「私が来た時、データがないって、原稿が間に合わないって大騒ぎしてたよ」

「何それ？」

「パソコンのどこのフォルダを探してもないし」

「え？」

「結局、机と棚の間に落ちてたＵＳＢを見つけて、一つずつチェックして、セーフ」

「それは、お世話さまでございました」

睦美の騒ぎっぷりは申し訳ないほど想像がつき、冗談口調で深刻さを回避した。

響子はそれだけ話し、僕が帰宅した時のように、また、テレビ画面を眺めていた。

お笑い番組が終わって、次のお笑い番組が始まった。

年末は笑って忘れるのが一番だ。

「それで、どこに行ってたか、聞かないんですか?」

「聞かない」

「誰と一緒だったかも?」

「興味ない」

響子はテレビをユーチューブに切り替え、僕のライブ映像を流し始めた。

「仁、最近ギター弾いてないでしょ。新曲だって生まれやしない」

「弾いてますって。消してください」

「創作を言ってるのよ」

音楽のことを指摘され、急激に僕の苛々指数は上昇する。

「それを言いに来たんですか?」

「そんなわけないよ……睦美さん、どう?」

「どうって、響子さんが感じてるまま」

「何なの?　自分の親のことでしょ!」

最近は、響子とすぐにこうなる。

本末転倒しているような気がしてならない。

静まり返った空間が耳に痛い。

譲り合って沈黙を破らないというより、僕は逃げの無言だった。

響子との対峙は息苦しく、窓に目をやった。

今夜も東京タワーが小さく自己主張している。

しびれを切らした響子が話し始めた。

「仁」

「はい」

「右半身に麻痺がある人がいるとする。ううん、右手を骨折してる人でもいいや」

「はい」

「そうしたら、明らかに右をサポートするじゃない。右が不自由だと目で見てわかっていたら、介助しやすい」

「はい」

何の話だよ。

「けど、認知症っていうのは脳の病気なの。目で見えない、見えづらい病気なの」

はい、はい、着火。

「もう、その話はいいですって」

「睦美さんのためよ。仁だって、この頃大変じゃないの。救急車で運ばれたんでしよ？」

「睦美に聞いたんですか？」

「仁に迷惑ばかりかけてるって」

「親子なんだから、迷惑なんて思ってないです」

「何でそんなふうに睦美さんを庇うの？」

「庇ってないです」

「隠すことはよくないの。仁、孤立していくよ。家族介護をしている男性が孤独感を感じやすいのは、一人で抱え込んでしまうからなのよ」

　孤立、家族介護、孤独感。

「家族介護なんて、してないです。何を隠すんですか？」

「……今日ね、仕事の整理を頼まれたの。整理、いや、締めね。年始早々のご挨拶回りのリスト作った」

　睦美はそこまで覚悟を決めているのか。

「睦美さんの年賀状、見た？　見てないでしょうね？」

「……」

「旧年中はお世話になりました、今年は健康に留意するために休業しますって」

　何も言えなかった。

「睦美さんね、一枚一枚に時間をかけて、手書きでその人に合ったお礼を書いてたよ」

睦美のどこを見て、一緒に暮らしているんだろう？

睦美の悲鳴に、どうして気づけないんだろう？

「今抱えている原稿を読み直してもらいたいって言われてね」

「えっ？」

「大丈夫。原稿は見事に書き上げてあった。同業の五十嵐さんって人にも見てもらって、三社とも、締め切り前に送った……でも、不思議ね。最近の睦美さんじゃ、原稿はとても書けないと思っていたけれど、やっぱりプロだわ」

「書けないって、認知症だからですか？」

何も知らされていない苛立ちを響子にぶつけた。

「そうとは言ってないよ。専門機関で検査しないと、素人が勝手に決められない」

「でも、いつも響子さんは、認知症だのアルツハイマーだの言うじゃないですか？」

「可能性として言ってるだけよ。喉が痛かったら風邪を疑うのと同じ」

「響子さんの言い方は風邪と同じじゃない。認知症を特別扱いしてますよね」

「……仁が認知症に偏見があるんじゃないの？」

カードゲーム、最後の切り札を出された感覚。

図星を見抜かれる前に、僕は自室へ入った。
次の朝、眠りが浅いまま、五時に目が覚めた。
睦美に加え、リビングのソファで眠っている響子の寝息を確認し、毛布をかけた。
寝たふりをした響子に、詫びるタイミングを失い、僕は家を出た。

年が明けた。
特に何も変わらず、特に何もせず、睦美への不安は抱えたまま。
僕はあっという間に職なしになった。
とはいえ、慌てて次の仕事を探す気にもならなかった。
もやもやだらけ。
創作にも意欲が湧かない。
悪循環。
僕を煩わす睦美の些細な言動には、どうでもいいという一番楽な対応を選んだ。
睦美は珍しくキッチンに立っていた。
真っ昼間からビールを取り出し、リビングに座る。
堕落したルーティンでも、睦美は何も言わない。

「今日は仁の誕生日でしょ。お赤飯を炊いてるの」

「何作ってるの？」

僕の誕生日は七月十九日。

今日は一月十九日。

赤飯は僕の大好物で、誕生日の定番メニューだ。間違っていない。

でも、もち米に小豆ではなく、白米にコーヒー豆。

黒いところは惜しく、匂いは香ばしい。

睦美を正面から相手にしなければ、何とも思わない。

疲れることすら、面倒だ。

「ありがとね。あとは？」

「何もしないよ。仁が歌って」

ちょうどメールが来た。

聡だ。

『遅くなったけど、明けましておめでとう。そうそう、認知症は対応ひとつで症状は変わるんだって。何でも知ることが大事だよね。がんばらずにがんばろうぜ。また、黒で語ろう』

聡。ありがとう。

さすが、僕の親友だね。あの夜の会話でお見通しだったんだ。

でも、もう、だめ……かもしれない。


睦美の生まれた桜の季節、四月になった。

開花予想では、来週あたりに満開だと、気象予報士が自信をもって笑顔を咲かせる。

睦美が好きな花は桜だ。

他の時期は忘れられていても、この季節にだけ人を魅了する桜が神秘なのだと言う。

響子は時折、睦美を訪ねてきては、冷蔵庫の中を作り置きで満たしてくれた。収納庫にも、パスタソースやラーメンなど、インスタント食品が補充されてあった。僕は、玄関で響子の気配を感じると自室に籠って、顔を合わせることを避け続けた。それでも、響子が来た日は決まって、恥を知り、微動ながら、やる気が湧いた。

二月半ば、日雇いの肉体労働に励んだ四日目の午後。口の悪い古株が、初老の新人に八つ当たりして、見かねて庇った代償に、僕は強打で殴られる羽目になった。

右頬上の鈍い色が薄くなっても、痛みのせいにしてバイトの面接にも行かず、祖父江たちとのバンドにも意欲を持てず、個人のライブまでも断っていた。

窓越しの東京タワーに縋(すが)っても、劣等感は拭えるどころか刷り込むばかり。

あり余るほど時間があるのも考えものだ。

窓から葉桜を見下ろしながら数年前の花見を思い出す。

スパークリングワインに浮かぶ、桜の花びら。

春の日差しを遮った大きなつばの黒帽子は、どこに仕舞ったのだろうか。

どうでもいいや。

睦美との日々を思い出しては、放り投げた。


ある日、ふと、聡からのメールを思い出した。

『対応ひとつで症状は変わる』

聡に背中を押された気になり、パソコンを開き、淡々と衝動のままに検索ワードを入れてみた。

【ｎｉｎｃｈｉｓｈｏｕ】

【認知症】

——記憶障害、見当識障害、理解・判断力の障害、遂行機能障害……。

思い起こせば睦美に当てはまる。

——徘徊、暴言、幻覚……。

どんどん、パソコン画面を下げていく。

——異食、尿・便失禁、弄便（ろうべん）……。
睦美がゴミ、紙、消しゴム……食べられない物まで口にするのか。
睦美がお漏らしするのか。
睦美が便を弄ぶ（もてあそぶ）のか。
便を隠し持ったりするのか。
目眩と吐き気に襲われ、パソコンをリビングに移動させた。
夜景を眺めなければ、睦美への感謝を忘れてしまいそうだ。
冷蔵庫から出したビールを片手に、もう一度怖々とパソコンを開いた。
睦美の自分勝手や捉え違いが認知症のせいだとすれば、どこかでほっとしていた。
なんだ、睦美は睦美じゃないか。
病気のせいで性格が変わることがあるんだ。
そうなんだ。そんな病気なんだ。
でも、そしたらやっぱり、睦美は僕を忘れ、自分を忘れるというのか。
嫌だ、絶対に許さない。
衝動的に響子に電話をかけた。
「もしもし？」
「仁、どうしたの？」

響子に電話をかけるのは、切り札を出されて以来だった。

「睦美って、どうなるんですか？」

「え？」

「睦美って、僕のことも忘れてしまうんですか？」

今度は僕がいきなりだった。

「どうしたの？　仁」

「睦美は、僕を忘れるんですか」

「そうとは限らない、けど」

「けど？」

「基礎疾患、生活歴や環境によっても違うから、人それぞれでひと括りにはできない」

「じゃあ睦美は……自分でご飯も食べられなくなって、自分で着替えもできなくなって、一人で買い物もできなくなって……おしっこを漏らして、最後は寝たきりになるんですよね⁉　四十代の発症は高齢者より早く進行するんですよね⁉」

「仁、落ち着いて」

「嫌だ。絶対に認めない。睦美が僕を忘れるなんて、絶対に許さない」

「ねえ、仁」

「……歌……僕の歌も……忘れるん……ですか……」

「睦美さんは他の人より軽いと思うよ。もっと大変な人もたくさんいるんだから」

「睦美のことを聞いてるんです。他の人がどうであれ、僕には知ったことじゃない」

響子の気持ちはわかっていた。

誰かを引き合いに出して僕を励ます気など、毛頭ないとわかっていた。

「嫌だ」

「……仁？」

「嫌だ、嫌だ、嫌だ!!」

すべてを響子にぶつけて、僕は泣き喚いた。

――コトッ。

音がした方、僕の背後には、睦美が立っていた。

携帯電話を耳元から外し、手で涙を拭った。

「睦美、いつからいたの？」

「さっき。水、飲もうと思って」

「そう」

「今日はここで調べもの？」

睦美はパソコンに触れ、僕は慌ててパソコンのカバーを閉じた。

「……仁、これから、どうなるの？」

冷蔵庫に向かう僕の背中に、睦美は乞うように呟いた。

「何も……何も変わらないよ」

冷蔵庫を開けたまま、無責任で適当に取り繕った。

「仁、ごめんね」

手渡した水を睦美は受け取らず、部屋に戻っていった。

「もしもし？」

縋りついた僕の声に、響子は、無言のやさしさで包み込んだ。

「最低ですね」

響子が僕の名前を呼ぶなか、気が遠くなり、電話を切った。

睦美を深く傷つけた。

もうこれ以上、睦美を傷つけたくない。

誰のせい？

僕でも、睦美のせいでもない。

じゃあ誰のせい？

神様、あなたのせいってことにしましょう。

僕はビールをどんどん呷っていく。

目を閉じた瞼の先に海が見えた。

明日、島根へ行こう。

睦美の故郷。

一度も行ったことのない島根を訪れよう。

そこで酩酊。

無限か無か。

それでいい。

どうでもいい。

僕は酔いつぶれた。


次の朝、僕は久しぶりに五時に起きた。

酩酊の中で決めた島根行きは、朝起きても明確だった。

いつもの矛盾に戻らないように、早めの決行だ。

「睦美、起きて」

「仁、おはよう。やさしい声ねぇ」

本当だ。最後だと思うとやさしくなれるんだね。

「睦美、島根に行くよ」

「うん」

僕の唐突な誘いに理由も尋ねない。

寝起きもよくて、すんなりとリビングへ出てきた。

僕はコーヒー、睦美には、温かいはちみつレモンティーを淹れた。

「ね、僕の誕生日、いつ？」

「七月」

「何日？」

「十九日」

「うん」

「じゃ、私は？」

「四月十一日」

「そっ、正解」

「もうすぐ誕生日だね。何か欲しいもの、ある？」

「ないよ。歌い人して。貸し切りのね」

睦美と難なく会話が続いていく。

そんなにしっかりして、何かを感じてるの？

僕の気持ちを見抜いているの？

睦美のプライドなの？

でも、ごめん。

睦美に、誕生日は、もう来ない。

「仁、炒飯作って」

「今から？　島根へ行くんだよ」

「うん。でも食べたい」

もう一度心の中で繰り返す。

睦美、最後ってわかってるの？

僕の得意料理を、最後だからねだるの？

「いいよ」

「じゃ、できたら呼んで」

睦美は部屋に戻った。

僕たちは島根まで陸路で行くことにした。

睦美との思い出に浸る時間が欲しい。

僕は列車に乗り込むなり、販売員のお姉さんを呼び止めてビールを買った。

睦美は多くを話さず、凛とした様子で、窓の外を眺めていた。

時折、僕の方を向き、目を合わせ、やさしく微笑んだ。

「大丈夫？」

幼い頃、遠出をした時に、電車酔いの僕を心配して、手を握ってくれていた睦美を思い出した。

あれは、どこへ行った時だろうか。

半日をかけ、何のトラブルもなく列車を乗り継ぎ、島根に入った。

僕はビールを何本、空にしたかわからない。

目的地は特にない。

海を探して、日本海沿いをただ、行くだけ。

途中下車しては、駅のホームで情景を味わった。

JR西日本、江津駅に着いたのは、日も暮れかけた夕方四時頃。

電源を落としていた携帯電話を再起動させてみた。

響子からの連打の着信と複数のメール。

留守番電話は聞かずに削除した。

ごめん、響子。

僕は携帯電話の電源を切った。

「睦美、ここで降りよう」

改札口の駅員さんに景色のいい海への行き方を教えてもらった。

島根の海ならどこでもいい。

早く暗くなれ。

目的地へ行く目的を、考え直しそうだ。

「仁、おなか空いた」

「同感。なんか、豪華にいかない？」

駅前は郵便局と地元銀行、不動産屋が並び、飲食店はまばらに数軒が見えた。

「あそこにしよう」

睦美は、暖簾（のれん）が一番目立つ地元のおじさんがやっていそうな居酒屋を指差した。

決めてくれた睦美がうれしくて、僕は、大きくうなずいた。

「ほんとにここでいい？」

断言をして気を遣う。

変わらない睦美がいた。

詰まる胸を堪え、僕は、扉を横に滑らせた。

「いらっしゃい」

「生二つ」

睦美と向かい合うのは、気持ちが破裂しそうで、カウンター席を選んだ。

「睦美、鞄、下ろしたら」

「これは、大事だから、いいの」

そういえば、睦美はずっと肩掛け鞄を離さない。

「何にしましょ?」

店主が声をかけてくる。

「美味しいもの」

「ははは。美味しいもの? この辺りは季節によっていろんな魚が獲れるねん。ほったら、今日獲れたてのサワラを、まずは食べてもらいましょうかな」

「サワラ?」

「冬から春にかけてはニシンなんかも揚がるよ。もう少しするとマダイ、イサキ、アサリも美味しいよ。生でも和洋中でも、何でも任せてや」

「へー。仁、また、来なくちゃね」

睦美はまた来ることを思い描いていた。

でも、ごめん。もう、来ないよ。

「おじさん、どこの生まれ?」

「わし？　いろんなところを転々として、方言やらなんやら多国籍やろ」

「ええ。けど、お魚それだけ知ってたら地元の人ね」

「そうかな。まぁな、兄ちゃん、人生いろいろあるんやで」

「は、はい」

「んで、お二人は、あれか、理由（わけ）ありか？」

「いやだなぁ、おじさん。息子だよ」

「そうなのか。親子？　兄ちゃん、ええのぅ」

「はい」

「自慢じゃろ？」

「はい！」

「今日は、おっちゃんが一杯おごるわ」

「あざーっす」

カウンターにして正解だ。

最後の最後に、優越感を味わった。

睦美は長旅で疲れたのか、うたた寝を始め、僕は勘定を済ませた。

「また、おいでや」

「ありがとうございます」

睦美を揺り起こし、出口に向かう。

「ホンマに、また来るんやで」

「今度は友達も連れてきます。ねっ、仁」

寝ぼけ眼を擦りながら睦美が答えた。

響子のことか。

睦美の中にはいつだって響子がいるんだね。

「はい。また来ます」

僕は笑顔で嘘をついた。

子供の頃、睦美に晴らしてもらった嘘つきの汚名を自分で上書きした。


店を出たのは十時。外は真っ暗になっていた。

歩道と車道がはっきりしない田舎道を、僕たちはあてもなく歩いた。

「寒くない？」

「睦美は？」

「大丈夫。ほら、車に気をつけて」

ずいぶん先にコンビニの明かりが見えた。

あそこで酩酊切符を買おう。

缶ビール、ウイスキーと日本酒を、籠から溢れるほど放り込んだ。

「これも」

チョコレート。

あの、時代を感じさせないチョコレート。

睦美にはいつもやられる。

やさしい気持ちを忘れないように、か。

そうだね、ありがとう。


あてもなく二十分ほど歩くと、睦美の足取りは重くなった。

もうすぐ、すべて終わるのに、休ませてあげたいのはなぜだろう。

遠くに見える船からのモールス信号が暗闇を和（やわ）らげる。

その先に光があるような気がして、僕は睦美の手を取り、砂浜へ下りていく。

「寒いね」

「ごめんね」

「仁のせいじゃないよ」

吹きつける潮風さえ、憎くてたまらない。

でも、僕は、もっと、もっと、ひどいことをするんだ。

やめるなら、今だ。

やめろ、やめるんだ。

「ね、仁も座って」

頭の中で自分と格闘していると、いつの間に取り出したのか、砂浜に敷かれたブランケットに僕が座る場所を残し、睦美は腰を下ろしていた。

「誰か来るの？　いっぱい買ってたね」

「うん。誰も来ないよ。でも、今日はいいの」

「どうして？」

簡単だよ。

逝くから。

「はい、睦美の分。ジントニック」

「これ、好きなの。よく知ってるね」

「睦美のことはなんでも……」

【なんでも知っている】

誰が？

何を？

もう一人の僕が僕を嘲(あざけ)り笑う。

そんな僕の傍らで、睦美は、缶を抱えたままで、すやすやと眠りだした。
脱いだ上着を睦美にかけ、レジ袋から手当たり次第、缶を開けた。
僕は、夜空をまっすぐに見上げた。
手が届きそうな満月が、静かに、僕に教えてくれた。
どんなに願っても祈っても、手は月に触れられない。
どんなに願っても祈っても、睦美の病気は治らない。
いつの間にか、モールス信号は消えた。

ねえ、睦美。
悲しみや無力さは小さくても、幾度となく繰り返され、失望を生むんだね。
逝こうと思えるんだ。
人間の感情って、こんなに脆(もろ)く儚(はかな)いの？
ごめんね。
僕が僕だったために。
睦美の首に手をかけた。

止めどなく流れる涙は後悔？
それとも、未知への希望？
目を閉じた。
波音が消え、潮の香が風に散った。
親指に無情が集中した。
僕は呼吸を止めた。
今、ここに、脳裏をよぎるジョン・レノンの写真。
聞こえるはずもない響子に言った。

—ありがとう。僕には、無理だったよ—

＊　＊　＊

「じん」
また、ひらがなのような音色で僕を呼ぶ声がした。

響子と睦美が笑っている。

「仁、帰ろ」

「〃ゆのつ〃温泉に行こうよ。私の故郷」

初めて、睦美の故郷を知った。

「〃ゆのつ〃ってどんな字書くの？」

「温泉と津で〃ゆのつ〃」

僕達は、何事もなかったような三人だった。

「うん。帰ろ」

三人で帰ろう。


国道九号線。僕らは、途中まで長いドライブで帰ることにした。

インターチェンジで少し休憩をとって、再び帰路に就こうとした時のこと。

二人を置いて先に、後部座席に乗り込んだ。

不規則に横切っていく車から、響子は、睦美を庇うように歩き、一緒に助手席側に回り、手を出すでもなく、乗り込むまで見届けた。

「シートベルト、オッケー」

自然な響子が素敵だ。

「運転、代わりましょうか？」

「いいよ。私、自称、運転得意だから」

「そっ。仁より響子のほうが安心」

「そうそう」

三人の会話、日常が動き出す。

睦美は肩掛け鞄の中から何かを取り出し、響子に渡した。

「あとで読んで」

鼻歌交じりで出発を待つ睦美をよそに、ミラーに映った響子の表情を見た。

「仁に、じゃないの？」

「そうだけど響子も読んで」

「手紙？　何が書いてあるの？」

僕の問いかけに答えず、睦美は高らかな声でスタートを切った。

「しゅっぱーつ、しんこうー」

響子は車を走らせ、ＢＧＭが鳴り響いた。


ジョン・レノンは歌う。

すべてなすがままに。

すべてあるがままに。

僕は、すべてを受け入れよう。

そう、僕がどうしたいかだ。

そして、僕がどうするかだ。


帰宅後、休む間もなく、響子は睦美と一緒に入浴をして、寝かせてくれた。

長旅を終え、睦美は安心したのか、すんなりと床についた。

「ありがとうございます」

「うん。仁こそ、お疲れさま」

「飲みますか？」

「そうだね」

「もう、酩酊はもうしませんから」

「いいよ」

「えっ？」

「たまにはね。でも、そうなる前に言ってよね」

響子、大好き。

僕らはよく冷えたビールで乾杯した。

響子は睦美から渡された封筒を取り出し、僕の目の前に置いた。

「気にせずに読んで」

何が書いてあるんだろう。

怖くて封を開けられなかった。

響子も睦美と似ているね。

そっと、僕の背中を押すんだね。

響子は部屋に僕を残し、そっと出ていった。

仁へ

どこから話せばいいのかわからないので、徒然（つれづれ）なるままに。

最近ね、私、このままどうなってしまうのかなって思うことがあるんだ。仁のことも忘れてしまうのかなって。それくらい、時折、自覚がある。四十七年間生きてきて、何が今の自分にさせたのかと思うと、悔しくてならない。

　仁は、生まれた時、三六七〇グラム。予定日より十日遅れで生まれてきた。まるまるしてね、授乳室に行くと、生まれたての赤ちゃんって皆同じように見えるでしょ？　けど仁は、当時から誰よりも男前だったよ。家族ができた時、本当に嬉しかった。

　いろんなこと思い出すなぁ。それから、仁のお父さんのこと、ちゃんと話してなかったね。話さなくてもいいと思ってきたわけでもないし、話すことから逃げてきたわけでもないの。

　仁のお父さんは、仁が生まれて三カ月の時に交通事故で亡くなりました。私ね、もう生きていけないって思った。だから、すべてを、生活を変えたくて、それまでの生活の匂いのするものを消した。だって、そうしないと負けそうだったんだもの。いろんなことがあったなぁ。もしかしたら、うれしいことより辛いことのほうが多かったかもしれないな。仁が生まれて幸せに包まれている中での突然の彼の死に、自暴自棄にもなった。けどね、仁、泣くんだもの。おなか空いたって、命の声で、私を求めるんだもの。生きていかなきゃって、思ったんだ。仁が私の命を救ったんだ。うん、やっぱり、仁が生まれてきてくれてから、うれしいことのほうが百万倍、多いよ。

　お父さんの名前は、臣。「おみ」といいます。「じん」とも読むので、「こっそりつながっているだろ」って、笑って、お父さんが仁と名前をつけました。お父さんの写真はローボードの上のジョン・レノンの下に入っています。だから、いつも見守ってくれてたんだよ。仁が初めて弾いたギターはお父さんのものです。お父さんも、最高の歌い人だったよ。写真一枚とギター、そして名前。これだけが、今の仁とお父さんをつなぐものです。

それから、私は仁を忘れることはないから。もしもそんな時は、忘れたふりをしていると思ってて。そして、そんな意地悪な私の時は、仁の歌をお父さんのギターで歌ってください。

車には気をつけるんだよ。響子を大切に、それと自分を大切にしてください。

本当に徒然なるままになっちゃったね。私ね、怖いよ。でも、仁のお母さんなんだと思えば思うほどに、強くなれる。だから、私は、自分に負けないで生き抜きたいさいはてるまで。仁、ありがとう。

堺　睦美

今から一年二カ月前の日付。

睦美は病気を自覚しながら、恐怖と闘ってきたのか。

父は歌い人だったんだ。

ライブハウスは、〝生き返るため〟。

十四年前、ふと僕に見せた睦美の真剣な表情が蘇った。

僕は、写真立てを片手に睦美の部屋に駆け入った。

「僕を忘れる不安でいっぱいだったんだ……ごめん……ごめんね」

睦美は目を開け、僕をじっと見た。

「家族はいつも一緒」

やさしく穏やかに、睦美は僕の頭を撫でた。

「仁は、いい子だね」

小さく呟いて、透き通るような寝息を立てた。

睦美が何を言っても、
睦美が何を間違えても、
睦美の思考が破壊されても、
睦美が僕との思い出を粉々にしても、
睦美が僕を忘れても、
そんなことはどうでもいい。

睦美は睦美だから。

そして、僕は睦美の息子だから。

幼い子供に返り、朝まで睦美のそばにいた。


あれから三カ月が過ぎた。

睦美は検査の結果、若年性アルツハイマー型認知症と診断された。

セミナーやネット検索で勉強し、この先の睦美を受け止められるのか不安になることもある。それでも、手紙を読み返し、睦美自身が誰よりも悔しい思いをしているんじゃないかという結論に達し、睦美の思いを僕の励みに変えることにした。

睦美の仕事は、響子を介し、五十嵐さんや仕事仲間の協力も得て、閉幕した。

一段落したところで響子には、四月の海辺で言ったことをもう一度きちんと伝えた。

―いつもそばにいてほしい―

「音楽活動に一年間専念し、なんらかの結果を出すこと」

響子ではなく睦美が言った。

僕の性格を見抜いている睦美は、まだまだ睦美だ。

響子はライブの営業時間にアルバイトを雇い、ランチタイムを稼動し始めた。人と会話し、できることをやるという日常の刺激を考えて、週二回、睦美には、お願いという形で店の手伝いを頼んでくれた。人と接すること、頼られることは、とてもいいことだと主治医に褒めてもらった。

同時に、介護保険を申請し、一カ月後、睦美は、要介護2の認定がおりた。残りの週二回はデイサービスを利用し、ケアマネジャーが僕と睦美の気晴らしになればと勧めてくれた月に数泊のショートステイで生活のペースも整ってきた。

気掛かりだった祖父江らバンドメンバーは、僕の都合で長らく活動を待たせたにもかかわらず、「極旨（ごくうま）の焼肉を奢る」「新発想の曲を創る」と冗談を交えて二つの約束を僕に課し、快く迎え入れてくれた。陰で奔走し、ライブハウスや関係者に顔をつないでいた祖父江のおかげで、関東圏でのライブツアーが早々に決まった。ライブでは、一番良い席に睦美と響子を招待しよう。

さあ、今日が始まった。

睦美は、デイサービスの送迎車から僕に手を振った。

僕もそろそろ、出かけよう。

それから

施設ケアマネジャーの青野さんから、電話があった。

先月、睦美は歩行時のふらつきが目立ち、立ち上がる時にも、介助が必要な場面が多くなった。往診医が指示した血液検査では、貧血の診断で、鉄剤の内服で様子をみるとのことだったが、ただの貧血ではなく、内臓からの出血かどうか、念のため再検査していたのだ。数値は標準値に戻り、体調も良好とのことで用件は済んだが、久しぶりに青野さんとも話がしたかったので、面会がてら、時間をとってくれるようにお願いした。

いつもは歩く距離を、今日は自転車で快走する。

ここのところは地方ツアーや楽曲制作に追われ面会時間に間に合わず、もう二週間も睦美の顔を見ていない。

怒っている？　心配している？　淋しがっている？　まさか、睦美は僕のことを忘れてはいないだろうか。

遠くに見える桜並木を目指して、自転車を降りた。
エドヒガン。ソメイヨシノ。ヤエザクラ。オオヤマザクラ。
開花順に植樹された並木道は、この季節、神秘さを放つ。
桜トンネルのなか、幻想に浸りたい。

二年前、睦美がデイサービスを利用中に転倒して、左大腿部骨折で入院。車いす生活中は、もう歩けなくなるのではないかと心配したが、病院の方々に支えられ、精力的にリハビリに取り組み、一人で歩けるまでに回復した。負けず嫌いの睦美に感服し、安心していたが、リハビリの先生から、「家に帰りたい」「帰らなくちゃいけない」と口癖のように言っていると聞き、その理由が、『僕がいるから』だと知った時には、胸が締めつけられた。

そんな睦美の姿もあり、退院後も一緒に暮らすつもりだったが、要介護3の認定結果に、退院窓口のソーシャルワーカーや当時のケアマネジャーから、今後を考えれば、施設入所を検討した方がいいと助言された。よく考えるまでもなく、頑なに断った僕は、「先は長い」「睦美さんも新しい生活を始めればいい」「二人の関係は変わらない」と響子に諭され、退院後は、住宅型有料老人ホーム清水苑でお世話になっている。

響子には、感謝しかない。

施設の玄関で検温を済ませ、消毒液で両手をこすり合わせた。すれ違った夜勤明けの職員を心からの感謝で見送った後、すぐに、青野さんが顔を出してくれ、面談室に案内された。

「先生が、鉄剤の内服はもう二週間続けましょうって仰ってました」

青野さんの電話で検査結果はわかっていたが、データで示された用紙を手に取り、胸を撫でおろした。青野さんは、再度、リスクを丁寧に説明してくれ、生活面での配慮と医療との連携も具体的に示してくれた。ひと段落し、音楽の雑談で盛り上がった後、青野さんは、今から、新人研修があると席を立った。

「法人全体で新卒は八名いるんですが、うちは、一人なんです」

「へー。期待の星ですね」

「ええ。ここ数年は、年齢が私の半分以下の若い子たちが入職してくるので、パワーをもらっています」

もともと、施設見学での青野さんから感じ取れる人柄で、介護施設の印象が変わった。何より、「下の名前で呼んでほしい」という睦美の希望を理解し、苗字ではなく「睦美さん」と呼ぶように職員とも統一してくれた。それを機に、昨年、清水苑のクリスマス会で歌ってから、青野さんとはたわいもないことも話をするようになった。僕と同い年の甥っ子がいること、青野さんは睦美より三つ上の五十四歳だということも知って、親近感が湧き、さらに相談しやすくなった。

施設内はホテルのような雰囲気が漂う、優雅な造りになっていた。庭は花々が彩り、きゅうりやトマトなどの野菜が季節ごとに収穫できた。食堂の西側にある共有の談話スペースは、全面ガラス張りで日当たりがよく、入居者や家族が自由に使っていい。プライバシーが守られつつ、外の景色にも触れられ、僕と睦美が気に入った理由のひとつ。

「むっつみっ」

二週間ぶりだった僕は、努めて明るく、リズムに乗って声をかけた。

「あー、仁」

僕を呼ぶ声に安らぐ。

「久しぶりでごめん」

「そう？　昨日も会ったよ。かっこよかった」

青野さんが配信ライブを見せてくれたんだろう。

「何してるの？」

「待ってるの」

「誰を？」

「会いたい人」

睦美は機嫌よく、水色の空に視線を戻した。

「それって、ジョン・レノン？」

ジョン・レノンは父のことだ。

「ちがうよ」

僕？

「仁もちがうよ」

「聞く前に言うんだね」

苦笑する僕に見向きもせず、睦美は空を仰いだ。

「ね、今日は聡に会うんだ」

「さとる？」

「水泳の聡」

僕は両手を大きく回して、バタフライのアクションをしてみせた。

「あー、さとるくん。会いたいなぁ」

「睦美の会いたい人って、聡？」

睦美は笑顔になった。

睦美としばらく過ごし、新宿に急いだ。東口を出て、ビアホールに直行する。

「先にやってるよ。仁も黒でいい？」

「ああ」

そうか、聡とは、二年会っていなかったのか。

中ジョッキって、こんなに重たかったっけ。

乾杯をしてから、近況を分かち合う。

「へー、タバコもビールも止めたんだ。今日はいいの？」

「たまに、一杯くらいは飲むけどね。ほら、睦美に何かあった時に駆けつけなきゃいけないし、それに……」

「なんだよ、言いかけて」

「認知症って進んでいくだろ。睦美から教わること、考えとか態度とか、んー、あと、選んでくれたもの、ほら、プレゼントとか、与えられるものが少なくなるって思ったら、睦美から一番先にもらった、からだも大事にしなきゃって思えて」

「そうだよなぁ。俺も親になって、母親ってすごいなって思ったよ。お母さん、丈夫に生んでくれてありがとーだよ」

聡は家族ができてから、さらに、たくましくなった気がする。

「もうすぐ、次の子が生まれるんだっけ？」

「そう。来月」

「今日はよかったの？」

「うん。先週から里帰りしてる。うちはいろいろあるから、助かってる」

「お父さん、お母さんは？」

「元気は元気」

「聡は愛する家族がいて、役職に就いて、仕事も順調そうだし、いいねぇ」

「いいだろー」

いやな言い様を瞬時で省みても、聡はそれを汲むように冗談に変えてくれる。

「で、仁の最近は？　配信ライブは、ソロがほとんどじゃない？　たまに見てる」

「おー、ありがと、ありがと。バンドはね、各自で充電、活動中」

「最近は、音楽の仕事だけなんだろ？」

二年前、睦美の入院を機に、祖父江らメンバーに迷惑がかからないように、バンド活動は意図して減らし、半年に一回くらいのペースになっていた。祖父江が、ソロで活動することはバンドの宣伝にもなると言ってくれ、自分のペースでソロライブには週に一回程度、出演し続けていた。そのおかげで人脈ができ、インディーズミュージシャンへ楽曲提供やアレンジ、録音時の音響（PA）エンジニアを担うこともあり、時間が足りなくなった頃、思いきって、宅配サービスのアルバイトを辞めたら、ＷＥＢ媒体や小劇団の音楽制作など仕事の幅が広がった。

「住むところはあるし、睦美の施設にかかるお金は、睦美の貯金だし」

「いいなー」

「いいだろー」

今度は立場を逆転させて、ふざける聡に僕がのっかる。

話したことを正面からしか受け取らない聡には、正直でいられる。

「響子さんだっけ？　彼女は元気？」

「たぶん」

聡が不思議そうな顔でジョッキの手を止める。

「結婚したんだ。今、シンガポール」

「悪い、仁。俺、もう一杯、頼むわ」

結局、聡はジョッキをもう二杯、お代わりして、響子との経緯を聴いてくれた。

誰の味方にもならない聡のおかげで、僕は誰のせいにもしなくて済んだ。

ラストオーダーの声をかけられるまで、お互いの話は尽きなかった。

店を出て、急に降り出した雨に、僕は思考が鈍くなった。

「睦美さんによろしくぅ」

聡は、僕を現実に戻すように、肩をたたいて、駅の改札口へ進んでいった。
ＪＲ山手線、新宿駅の五番ホームは、人と雨の匂いが漂っていた。
電車を二本見送ったところで、混雑は続き、電車に乗り込んだ。
イヤホンを耳に押し込み、シャッフル再生で目を閉じた。
響子が好きな曲、ギターのリフが悲しみを誘う。
一、二、三秒。
次にとばしかけて、敢えて、現実直視を試みた。
降り注ぐ雨、最後の日が蘇る。

響子は、店の休業日も忙しくしていた。睦美の仕事関係で世話になった人の仕事を個人的に手伝っていたようだった。僕の不規則な仕事のせいもあり、なかなか予定が合わなかったが、すれ違っているのは、時間ではなく心の方で、触れることも避けられているってわかっていた。
終日で会える久しぶりの休日が待ち遠しく、行き先は、ムック本で印象に残った湖のほとりにあるカフェに決め、道中巡るスポットまで時間帯ごとに決めていた。いつもは、綿密な計画を立てずに、気ままな遠出しかしない僕に、響子は何か言うかと思っていたが、当日の詳細メールを送った数時間後、それには無反応で話したいことがあると返事をしてきた。

僕にも伝えたいことがあった。

三十八歳の響子の年齢を考えれば、この先を早く決めたい。

小さなサプライズを準備して、当日に期待を膨らませた。


結局、ドライブ中も食事中も、響子からの話はなかった。

気もそぞろで弾まない会話に、僕はくたびれた。

財布を出す度に、急かすように、小さな箱が鞄の中で行ったり来たり。

今日のうちに思いを伝えたかった僕は、ドライブを終え、響子の家に寄った。

心地よい疲労感の中、いつものように、音楽をかけて、ソファに身体を預けた。

正面に座った響子は、遠出したせいか、疲れた表情だ。

定位置の左隣に座らないのは、これから大事なことを話すから?

響子は砂時計を横に倒し、ティーポットから蒸らしていたハーブを取り出した。

柑橘系の香りを胸いっぱいに吸い込んで、カップを両手で覆ってみる。

形と藍色が気に入り、響子が手にした一点物を二つ選び、僕が買ったものだ。

ラグマットも観葉植物もアロマポットも、一緒に出掛けて揃えたものばかり。

これから、二人の暮らしが始まっていくんだ。

「先に風呂に入る？　話があるって言ってたけど」

「ううん。お風呂は後でいい」

僕は意を決した。

抱きかかえていたクッションを外し、鞄の中の小さな箱を確かに掴んだ。

「響子に言わせてごめん。そのつもりで……」

「私、結婚する」

「仁とじゃない」

僕の指から、未来がさらさら抜け落ちた。

今、時間が止まってる？

ねぇ、僕、呼吸してる？

激しい怒号を浴びせる僕に、響子は静かだった。

五十嵐浩和（ひろかず）。

睦美の仕事をサポートしていた時に出会った人だとは皮肉だ。

いつから？

きっかけは？

そういう関係なの？

「なんで？」

すべての疑問を集約させる一言で叱責した。

響子はすすり泣く。

僕は、単純な言葉で、なじり、罵った。

ここから、出よう。これ以上、響子を傷つけられない。

靴を履き、ドアノブを握った。

「ねぇ、僕ら、付き合っていたの？」

「聞かなきゃわからないのが、答えじゃない」

辛辣な終幕だった。

急に降り注いだ雨、僕は惨めさに負けた。

もう一度。

願うこともせず、通りかかったアパートのごみ置き場に、小さな箱を投げ捨てた。

電車の発車ベルで大崎駅だと気づいたが、人の壁に遮られ、僕は降り損ねた。

乗り換えすら面倒になって、そのまま、山手線を一周した。

次の夜。ライブがあった。

「おはようございます」

「おー、仁ちゃん、今日も男前やねぇー」

睦美が元気だった頃、響子の店でも荘さんとは度々会っていたし、家族ぐるみで出かけたこともあったが、音楽だけで食べていくようになって、ぐんと親しくなった。ライブハウスで知り会った時は人気バンドのドラマーで、いで立ちが、ロック!! って感じで近寄り難かったが、今は、荘さんの人情味のある人柄がよくわかる。確か、響子の二つ上。

「響子ちゃんの店の後にできた店、旨いらしいで」

だから、何?

僕が会話をスルーしても、荘さんは、だいたいひとりでしゃべり続ける。

響子は、結婚を機に、下北沢のライブバーを閉店した。譲り受けたいという人もいたが、丁重に断られたと数名の音楽仲間は残念がっていた。響子と親しくしていた荘さんは、ハコは残っても響子イズムを継げる人はいないからそれでよかったのだ、とまわりをなだめた。店舗はすぐに取り壊され、数カ月後、カレー屋になって、もはやライブバーの跡形もない。

「今日のPAは荘さんですか」

「そ、よろしくぅ」

荘さんは僕の楽曲を知り尽くしてくれている。

いつもどおりにリハーサルを終え、僕はレモン水を頼んだ。

「仁ちゃん、すっかり健康志向やなぁ」

睦美のおかげで、僕は変わった。


全ステージが終わり、スタッフが具沢山の豚汁を運んできてくれた。

お客さんや出演者とのたわいもない会話が僕を癒す。

やっぱり、この空間と疲労感が好きだ。

「こんばんは」

僕がひとりになるのを見計らっていたように、女性が近づいてきた。

「私、堺さんの歌、聴いたことがあります！」

彼女が言うには、その日、僕は高円寺の高架下で歌っていたらしい。酩酊になっては、ゲリラライブをあちこちで行っていた頃で、まったく覚えていない。歌以外のことを論じてはないだろうかと恥ずかしくなったが、そんな僕をよそに、彼女は、「まさかと思ったが、印象に残っていた歌詞に、最後までライブを観てよかった」と僕との再会を喜んでいた。

輪郭がある柔らかい声。

光と影が共存しているメロディー。

情景が描ける歌詞。

具体的に僕の音楽を評した。

うれしくも呆気に取られる僕に、彼女は、藤代渚と名乗り、今日は花屋の配達でライブハウスに来た、と時間を気にして帰っていった。

上機嫌になった僕は、いつになく、出演者らに多弁になり、二杯目の豚汁を平らげ、帰路に就いた。


テンションが高いまま、風呂にも入らず、制作に取り掛かった。

作業は捗り、夜が明けていた。

仮眠した後、仕事の合間に施設へ向かった。

睦美は居室にはおらず、また、談話スペースのソファにいた。

「おはよう」

満面の笑みで振り返った睦美は、病気には思えない。

睦美がこの前と同じ席に座り、窓の外を見ていることに気づいた。

「その席、好きなの？」

「ここからだとよく見えるの」

「会いたい人？」

「うん。頑張っている人もいるよ」

睦美との会話は、意味を探らなければ、成り立っている。

職員が出してくれた温かい紅茶を飲み、仕事のため、自宅に戻った。


一週間後、ケアプランの更新で青野さんから電話があった。

睦美は、やっぱり最近も、談話スペースの同じ席で空を見上げているらしい。

会いたい人って誰だろう。

あの席からだとよく見えるのか。

食器を洗い場に放り込んで、荘さんの録音スタジオへ向かった。


「おはようございまーす」

「この前はどうも」

ちょこんと頭を下げた渚に、声を上げてしまった。

「仁、そんなにびっくりするなよ」

「渚ちゃんに千夏（ちなつ）の誕生日の花を頼んでたんよ。渚ちゃん、千夏と同い年やねんて。さすが、かわいらしくも品のある、二十五歳の花束にしてくれたわ」

「荘さんにそんなに大きな娘さんがいるって驚きました」

「嫁さんの子やねん。俺と十五、違い」

荘さんから受領書を受け取った渚は、会釈してから、ドアノブを持った。

「仁も睦美さんに作ってもらったら」

「睦美さんって？」

渚は、荘さんの声に足を止めた。

「仁のお母ちゃん。めちゃ、きれいな人やで。俺が若い頃、ょうライブ見に来てくれてたし、病気になるまでは響子ちゃんの店でも顔合わせてたから、長い付き合いや。睦美さん、元気にしてるか」

「お母さん、ご病気なんですか」

今度は心配そうに、渚はまっすぐ僕を見た。

「荘さん、しゃべりすぎ。いいえ、元気ですよ」

体は元気だから、嘘じゃない。

目尻にしわを寄せ、満面の笑みになった渚が、いい子に思えた。

表情がくるくる変わる。四つ下なだけなのに、なんだか、まぶしい。

「あ、ショップカードを渡しておくので、仁さん、いつでも連絡ください。ライブの情報もお願いしますね」

渚は、しなやかにカードの端にＳＮＳの個人アカウントを書き足した。

十時から十四時まで店にいて、時間に関係なく配達には出ると、荘さんが渚に確認を取りながら教えてくれた。

「仁さんって呼んでいいですか。もう、呼んじゃったけど」

渚には、〝イエス〟としか答えられないオーラがあった。


二週間後、荘さんから新曲のギターソロの相談を受け、スタジオに入った。

音楽を通じている時にだけ、僕は誰にでも堂々としていられる。

「仁、時間ある？　香ばしい匂いするやろ、新しい豆、入ったんよ」

ギターを片付ける僕の肩に触れ、荘さんは、奥のキッチンに入っていった。

「来週の録音は、祖父江君とこやね」

「はい。ご当地アイドル、大集合！　って。地域活性化も目的にしてるって」

「祖父江君らしいね」

「はい。らしいっす」

「そういえば、響子ちゃんから、久しぶりに連絡があったよ」

心拍数がぐんと上がる。

平静を装って、コーヒーを一口含んだ。

「おー、うまい」

コーヒーに話題を変えようとした僕を無視して、

「響子ちゃんな、犬、飼ってるんやって」

「へー。このコーヒー、どこのですか」

応戦するように、紙コップを上げて、犬には無関心を装う。

「え、コスタリカ。ほら、響子ちゃんの旦那さん、五十歳半ばで再婚やから、子供はもういいんやない？　孫もおるんやろ」

僕が知っている前提でぶっこむのはやめてよ。

「響子ちゃんって謎だよな。なんや、ふんわりしてるかと思ったら、しっかりしてるし、内向的と思いきや、社交的だし」

「……」

「それにしても、結婚して、シンガポールって潔いよな」

だめだ。このまま、地雷を踏まれる。

「再婚って、どんな感じなんですか」

「俺の馴れ初めか？」

荘さんは、三十歳で五歳上の人と結婚して十年。当時、連れ子の千夏は中三だった。

「千夏が小学校に上がる前から、知ってたんよね。近所の俺に懐いてる子供、ちゅーか。ある時な、勉強机を作ってほしいって言うてきてん」

ランドセルを買ってもらった千夏は、母親の懐事情を気にして、勉強机はいらないと強がってしまった。

「いじらしいやん。ほっとかれへん。ホームセンターに一緒に行ってな、簡単な机を作ったったら、千夏なぁ、きゃっきゃ喜んで。……あかん、泣けてきた」

荘さんからプロポーズし、十年後に、籍を入れたらしい。

「ケジメ？　覚悟ですか」

「そんなかっこええもん違うけど、俺のこと頼りにしてくれるし、心配してくれるしな。この子から、この親子から逃げたらあかんって思ったんよね」

響子は僕から逃げたのだろうか。

僕が響子から逃げたのだろうか。

「響子ちゃんと仁って、付き合ってたんやんなぁ」

「今さら？　一年前ですよ。どうしたんですか」

荘さんはときどき、度肝を抜く質問をさらりとしてくる。

「この前、渚ちゃんに口を滑らせてもうて」

「何を言ったんですか」

「響子ちゃんのこと。そしたら、いろいろ質問されて……つい」

響子と僕と睦美の関係を、知る限り話したのだという。

「もう一回聞くけど、響子ちゃんと男女の仲ってことやんなぁ？」

「まぁ。あの子にそこまで言っちゃだめですからね」

数回しか、関係はなかったけれど。

睦美の顔がちらついて、集中できなかったけれど。

「仁と付き合ってたって、やっぱ、謎やわ」

僕は、大げさな噴き出し笑いで、会話を終わらせた。

こうして、響子にも、はぐらかしてやってきた。


あれから二週間。

「はい、じゃ、明後日スタジオでー」

新しい依頼元とのオンラインミーティングを終え、パソコンを閉じた。

クローゼットの奥から、薄手のパーカーを羽織って、施設へ向かう。

いつしか、桜並木は新しい季節に向かい、新芽が輝いている。

緑に意欲が湧いてくる。

僕も前を向かなくては。

着信。

聡だ。

「仁、ありがとう。かわいいってユッコも大喜びだよ。仁が花ってどうしたんだよ」

「花屋の知り合いができてね」

「そっか。女の子だろ」

「まっ、そんなところ。ユッコちゃんによろしく」

次女の出産祝いに贈った花が届いたのだ。

店からのメールで、出来上がったアレンジメントフラワーの写真が来ていたが、色合いやバランスで新しい命の誕生を祝う気持ちを表現してくれていた。

担当者欄には渚の名前が書いてあったが、僕の依頼だと気づいているのだろうか。

ショップカードのかすかな記憶を辿り、店に寄ってみた。

店は、自宅から施設を行き過ぎた次の角にあった。

開放的な雰囲気でディスプレイされた花の数の多さに目を奪われた。

「千円くらいで花束って作れますか」

小さな男の子を連れた店長らしき女性は、贈る相手の好みや目的を上手に聞き出してくれ、あっという間にオレンジとピンクのミニブーケができた。

「この前、友人の出産祝いに花を頼んだんです。とても、気に入ってくれて」

「堺様ですか？　先日はありがとうございました。渚ちゃん、今日はお休みなんですよ。来てくださったこと、伝えておきますね」

あ、いや、そんなつもりは……いえ、ちょっと、うれしいです。

彼女の厚意を感謝の表情で受け取り、店を出た。

今日も睦美は、施設の談話スペースで、空を見上げていた。

青野ケアマネジャーは、食事や入浴、レクリエーションなど、会話も弾み、嫌がる素振りもないので、生活面では特に心配ないと説明してくれた。

青野さんはじめ、職員のみなさんに感謝だ。

花束を受け取った睦美は、ぱっと笑顔になった。

「私に？」

「そうだよ」

「ありがとう。仁はやさしいね」

今日は短い会話だ。でも、きちんと理解している。

僕を誉める。何も変わりない。

「響子は、遠いところにいるんだって」

「……そう、なんだ」

「うん。しあわせなんだって」

幻聴？　幻視？

深追いはせず、施設を出た。

陽が落ちて、小腹が空いて、久しぶりに炒飯を作った。

島根を目指したあの朝、炒飯が食べたいとせがんだ睦美を思い出した。

何て言って、響子に電話したんだろう。

僕の考えていることがわかったのか。

響子なら助けてくれると思ったのか。

リビングに移動して、東京タワーを横目に水を飲む。

今日は、霞がかって、富士山は見えない。

目的なく点けた夕方の情報番組は、〝ワークライフバランス〟を取り上げていた。

『では、ここで、五十嵐さんをお招きしますぅ』

呼びかけられた人物は、テレビ画面のなか、出演者たちとモニターでつながった。

大写しになった男性の下方に、テロップが流れた。

【経済評論家　五十嵐浩和　経営コンサルタントとして、ダイバーシティ、従業員満足度を重視した組織づくりで、雇用安定、生産性向上を導く。著書多数】

総合司会を中心に、コメンテーターらはやりとりを始めた。

『五十嵐さんはシンガポールにお住まいですよねぇ』

やっぱり、彼だ。響子の結婚相手だ。
世界の働き方について例を挙げ、解説し始めた。
心とは裏腹に、リモコンに手が届かない。
その後、視聴者からの質疑に答え、各々にエールを送る形で、彼は締めくくった。
『五十嵐さん、最後にお聞きしたいことがあるんですけどぉ』
総合司会の語尾に白けつつ、最後の質問に耳を集中する。
『一年前にご結婚されたって本当ですかぁ』
やめろ、その語尾‼
『番組ホームページに、ファンの方々からご質問がきているんですよぉ』
五十嵐はアイドルなのか。
仕事以外のことは、答えなくていいぞ。
『はい、そうなんですよ』
『おめでとうございまぁすっ‼』
出演者たちが拍手や表情で祝福を表した。
『ワークライフバランスですねっ』
総合司会が、高らかな声とドヤ顔でうまくまとめた。
睦美の仕事を終了させるのに、力を貸してくれた人だ。感謝すべき対象であることはわかっている。

……が、それとこれとは事情が違う！

リモコンを画面に向けて、劈くようにテレビを消した。

複雑な心境の時ほど、依頼の制作は進み、自分の新曲のフレーズも次々浮かぶ。

キーボードを弾く音がリズミカルだ。

パソコンメールの着信音が弾む指先を止めた。

『フラワーデイズ』

メルマガ？　睦美にまた、花を贈ろうかな。

よく見ると、メルマガではなく個人的なメールで、送信者は渚だった。店に来たお礼と配信ライブを観たこと、ユーチューブ動画をヘビロテしていること、その下に、個人の連絡先が書いてあった。

数回のメールの後、来週の木曜日、渚と会う約束をした。


例年より一週間ほど早く、気象庁の梅雨入り宣言が出た。雨を思うと気が滅入ったが、洗濯物が外に干せないくらいの影響で済んでいた。

木曜日が来た。

相変わらず、寝ぐせのまま、コーヒーを飲む。

酩酊飲みを止めてから、体の調子がいい。

今日は、誰かと約束をしてランチをするせいかもしれない。

着信。

青野ケアマネジャーからだ。

「近いうちに、施設に来ていただけませんか」

三日前、僕が帰った日の午後から、睦美がしきりに会いたがっているという。食欲はなく、入浴を嫌がり、レクリエーションも断る。職員が見せてくれる僕の動画にも関心を示さず、談話スペースにも来ない。昨夜は落ち着かず、明け方にようやくベッドに横たわったが、眠ってはいない様子で、朝食は飲み物さえ口にせず、僕を呼んでほしいと訴えるらしい。

迷いなく、今から行くことにした。

渚との待ち合わせにも、十分、間に合う時間だ。


青野さんは、僕を面談室に案内した。睦美の最近の様子を具体的に挙げ、梅雨に入り、季節柄、体調だけではなく、精神的にも影響しているのではないかと説明してくれた。昨年の今頃はこういったことはなかった気がした僕は、睦美の認知症の進行を懸念したが、青野さんは、必要があれば受診する旨を示してくれた。

睦美は部屋にいた。力尽きたように深く眠っていたが、僕の雰囲気を察したのか、目をぱちりと開いて上半身を起こした。

「うわー、仁、ものすごーく、待ってたよ」

三日ぶりも二週間ぶりも、期間に比例して時間の経過を感じてはいないようだ。

「ごめん、なんか用事だった？」

「うん。もう、忘れた」

「忘れたの？」

返事をしない睦美に、忘れたことを自覚できると受け止める。

「最近、食べてないの？　お風呂も入らなきゃだめだよ」

「そうだねー」

叱責になりかけて、睦美のペースに乗せられる。

「すずめ」

僕の存在より、窓の外で戯れる鳥に関心があるようだ。ふと、聞いてみたくなった。

「ねぇ、この部屋にも窓があるのに、ここからは、空は見ないの？」

「あそこがいいの」

「どうして？」

「よく、見えるの」

「会いたい人？」

「そう、会いたい人」

「誰なの？　僕が知っている人？」

「知らない」

「僕が知らない人ってこと？」

「知らない。知らない。知らない」

返事に困っているのか、ふざけているのか、よくわからない。

「堺さん、お話し中、失礼します。睦美さん、そろそろ食堂に行きませんか」

時計は十二時五分。

僕は慌てて睦美を立ち上がらせ、居室を出る。

睦美が食堂に着席し、食事を始めるまでを見届け、最寄り駅へ懸命に走った。

待ち合わせ場所に四十分遅れで到着したが、渚は待っていてくれた。

僕に謝る隙を与えず、「遅刻はだめだ」と渚は顔を引きつらせ、そっぽを向いた。

響子なら、理由を聞いてくれるよね。

連絡はできなかったのかって。

相手の気持ちを考えたのかって。

叱られたことが昨日みたいだ。

渚は先を歩き、予定していた洋食屋に直行した。

注文と最低限の会話だけで僕らはやり過ごした。

彼女とは二度とない。

旬のトウモロコシとホタテ貝柱のパスタの旨味に集中だ。

食後のコーヒーを飲みながら、また、響子のことで頭がいっぱいになった。

「心、ここにあらず」

千円札を二枚、冷たく置いて、渚は立ち上がった。

渚の飲みかけのアイスティーは、溶けた氷で薄くなっていた。


梅雨が明け、並木道の蝉たちが今夏の命で鳴き出した。

汗かきの僕は、ライブ用の着替えを持ってきて正解だ。

「おはようございます」

「はーい。今日もよろしくー」

スポットライトに包まれて、ありったけの思いを歌に込めた。

出番が終わり、会場が一望できるカウンターに座った。

次の出演者が準備に取り掛かる。

余韻に浸る者、酒を酌み交わす者、携帯電話をチェックする者。

喧噪に包まれ、一人ひとりの自由がある、この時間が好きだ。

荘さんがミネラルウォーターをビールジョッキに入れてくれる。

「仁、ほんまに飲まんようになったなぁ」

「水の旨さを知ったんですよ」

「あ、渚ちゃんに会った？　さっきまで、仁のライブ、見てたけど」

「……」

「こんばんはー」

渚が僕の隣にひょいと腰をかけ、荘さんは次の準備のためにＰＡ席に戻った。

気まずい空気は、メニューを読んだふりに限る。

そうだ。ポケットに入れてあった五百円玉を渚の前に置いた。

「何？」

「ランチのお釣り……というか、この前は遅れてごめん」

「私もごめんなさい」

「いいみ……」

ドラムの爆音とスポットライトに、僕の勇気は溶けていった。

最後の演奏が終わり、セッションタイムが始まった。

お客さんが僕を呼び、ステージ上からも声がかかる。

僕は水を飲み干し、ようやく、正面から横に身体を向けた。

「いい店があるんだ。ランチ、行かない?」

来週の木曜日、僕たちは同じ場所で待ち合わせた。


あれから、睦美の体調は変わりなく、呼び出されることはなかった。

昨日も一昨日も、仕事の合間三十分の面会中、睦美は談話スペースにいた。

でも、空を見上げる理由は聞かなかった。

それには意味がないと思いたかった。

今日は、渚とのランチだ。

余裕をもって待ち合わせ場所に着き、人の行き交いを眺めた。

渚のTシャツにジーンズ姿は、背の高さと手足の長さを引き立てる。

僕は、少し先を歩き、創作料理の店を目指した。

日替わりランチより店の名前がついたランチが値段は高いが得だとか、店特製のサラダドレッシングはパンに付けて全部さらうとか、会話を探して、器の小さい男になっていたが、渚は耳を傾け、僕のおすすめ通りにしてくれた。

渚の本業は花屋ではなく、フリーのイラストレーターだった。美大を卒業し、就職はせず、三年目で、月に二社から定期で仕事がもらえると言ったが、順調なのかどうか、僕には判断がつかなかった。幅広い仕事分野があり、渚は、広告関連のポスターやチラシ、雑誌などの分野で、デザインを含めて総合的に制作するもの、イラストだけのもの、いろんな形で受注しているらしい。絵の創作を通じて自分を表現したいが、本当にやりたい手法がわかるまであれこれチャレンジしている、と言いながら携帯電話を開いた。渚のホームページには彼女の作品が並び、花をモチーフにしたキャラクターが一番人気らしく、ポストカードやステッカー、シールなどのグッズの販売には、『SOLD OUT』の赤字がいくつかあった。それでも、イラストだけでは食べていけないと漏らし、これで本業というのはおかしいと自虐的に画面を閉じた。

「お花屋さんの仕事も大好きなの」

花という自然の造形美に感動するという。濃淡が描くグラデーションは日々変化している、と人の心に喩えた。花の形はひな型があるように見えるが、陽当たりの時間や角度、保存状態によって個性が出る、と人柄に喩えた。

「自分のために買って帰る人、誰かのために買って帰る人、贈る人。その先にもそれぞれの物語があると思うと素敵でしょ」

「人々の幸せってこと？」

「うん。幸せには、裏と表があるけどね」

一瞬、渚は僕から目を逸らした。

「いろいろあったけど、アルバイトを辞めなくてよかった。実は、今のお花屋さんね、一度だけ、辞めようと思ったことがあったの。ありがとうね」

「え?」

「今日はありがとう」

少し早めだったが、夕方から配達がある渚を、店の近くまで歩いて送ることにした。

並木道のベンチを過ぎたところで、買い物袋を提げた清水苑の職員と入居者らしい杖歩行の男性とすれ違った。微笑んでくれた職員に、労う気持ちを会釈で返した。

「母親がお世話になってる施設の職員さんなんだ」

「仁さんのお母さん? 睦美さんでしたっけ。おいくつですか?」

睦美の五十一歳という年齢に、渚の両親よりも若いと驚いた。気の毒がられるのがいやで話を止めようとしたが、渚は、敬老祭や誕生日会で花を配達するらしく、清水苑を知っており、介護施設は身近な感じで、特別視をしていなかった。

「ここのところ、母親が、ずっと空を見上げているんだよね」

ふと漏らした心の内を、渚は親身になって聴いてくれた。バイトの時間が近づくまでいくつも理由を考え、僕に急かされて、振り返りながら店へ駆けていった。

その夜、渚からメールが来た。

僕は受信時刻を見て電話をかけた。

「本当にいいの？」

睦美の肖像画を描かせてほしいという。介護施設に花を届けた時に感じる雰囲気に、自分の祖母を重ねることがあり、役に立てるならと声を弾ませた。

明日、青野さんに相談することにして、その結果で渚にお願いすることにした。

「子供の頃から、母親を睦美って名前で呼んでるんだよね」

「仲良しでいいですね」

渚の好意的な答えに、気が楽になった。


次の日、昼休憩を兼ねて、施設へ向かった。

最近は食欲もあり、往診医からも、健康面での心配はないとの診断だった。

僕はひと安心し、青野さんに渚の提案を相談した。

「うわー。素敵」

青野さんは手を広げて大喜びし、期待できる認知症予防の効果を教えてくれた。

睦美の疲労を配慮し、時間と回数を調整しながら進めていくことにした。

「楽しみですねー。睦美さん、若いから、刺激になりますね」

青野さんに相談してよかった。

睦美も喜んでくれるだろう。

談話スペースのソファに座る睦美は、少し痩せたものの、美しさは変わらない。

「むっつみ！」

「あら、仁。見て。お花、いっぱい」

花壇には、炎天下に負けじと、黄色い大輪が肩を並べて揺れている。

空だけに関心があるんじゃないんだな。

「今度、僕の友達に睦美の絵を描いてもらわない？」

睦美は、大きく首を横に振った。

「いやなの？」

「いや」

「どうして？」

詰問にならないように、ゆっくり、もう一度。

「どうして」

「おばあさんより、仁が描いてもらったらいいよ」

「おばあさんって誰？」

「ほら」

睦美は、職員に連れられ歩く入居者を指差した。

「あっちも」

車いすに座る入居者、おやつの介助を受ける入居者、杖をついて歩く入居者。

大半は、睦美の親世代に見える人たちだ。

青野さんの『若いから』の意味がわかる。

そうだよね。

現実逃避。

空を見上げたくなるのかもしれない。

「睦美はおばあさんなの？」

「さぁね」

「友達が絵の勉強をしたいんだよ。睦美は、今までいっぱい写真をとってもらってきたでしょ。お願いできないかなぁ」

講演や新刊のチラシやポスターを思い出した。

たった、四年前か。

「仁の友達なの？　さとるくん？」

聡は覚えてるんだ。

「いや、新しい友達。まだ、紹介してなかったから、ね」

「わかった」

来週の木曜日、午後二時からおやつまでの一時間で予定が決まった。

施設を出て、すぐに渚に電話をしたが、不通だった。

帰り道、荘さんの音楽スタジオに寄った。

扉を開けた僕の第一声に、荘さんのハイテンションが被さった。

「おはよー。仁、ちょうどよかった」

「この香りは、淹れ立て?」

「おー。正解。最高級のスペシャルブレンド」

荘さんは僕に一杯を手渡し、パソコンの操作を始めた。

「この豆な、響子ちゃんに教えてもらったんや。ええ味するやろ」

荘さんには、デリカシーがないのだろうか。

付き合ってたって言ったじゃないか。

「今から、響子ちゃんとオンラインや。仁も入りや」

!!!!!

「なんや、衝撃的! みたいな顔して……あー、響子ちゃーん」

度肝を抜くことをさらりと言っておいて、お構いなしかい。

荘さんは画面越しの響子に手を振って、はしゃいでいる。

コーヒーだけ、飲んだら帰ろう。

熱っ。

「ちょっと、待っててなぁ」

パソコンから離れ、ていねいな口調で事務所の電話に出た荘さんは、肩を落とした。

トラブルなのか、対応策を具体的に伝えたが、解決しないようで電話を切った。

「響子ちゃん、ごめん。トラブルや。仁がおるから、しゃべっといて」

デスクに鍵を置いて、荘さんは慌ただしく出ていった。

僕は、意味もなくギターケースを右から左へ移動させ、コーヒーを飲み干した。

数分、時間を稼いでも仕方なく、落ち着いたふりで、パソコンの前に座った。

「久しぶり。どれくらいだっけ」

「一年とちょっと」

「今、何時？」

「夕方の四時。日本より一時間遅いだけなの」

「元気？」

「うん。仁は？」

「元気」

名前を呼ばないで。

鼓動が速くなるから。

「睦美さんは？」

「元気」

空ばかり、見上げているよ。

会いたい人がいるんだって。

「そっちは？」

僕は名前を呼ばない。

思いがこぼれていくから。

「気候はいいし、きれいな街」

響子のことだとわかっているのに、さらりとかわすんだね。

必然の沈黙。

無粋のアンコールは、荘さん、無用だよ。

髪に触れた響子の左手のくすり指に、リングが光った。

僕の表情に動揺が表れていたのか、響子はすぐに左手を下ろした。

画面越しの現実が一瞬で目に焼き付く。

「荘さん、帰ってきそうにないから切るね」

言葉より先に、正面を向いたまま、終了ボタンにマウスの矢印を動かしていた。

「じゃ」

自分の背中を押すきっかけを一言に込めた。

「待って！」

響子の叫び声に不穏を察したのか、犬の遠吠えがさんざめいた。

今さら、言いたいことがあるの？

それで、何か変わるの？

「仁とおんなじ年なの」

「誰が」

「……息子。夫の息子」

たおやかに微笑んだ響子は、僕の知らない人みたいだ。

年の差が理由？

ほらね、どうすることもできない。

「彼に子供が生まれたの。とっても幸せそうで、仁の未来は奪えないって思った」

茫然自失。

パラドックス。

正論みたいに言わないで。

「仁は悪くない」

響子は誓うように言い、うなだれた。

もう、始まらない。

僕が終わらせなければ。

「睦美と僕を支えてくれて、ありがとう」

うなずいた響子をきっかけに、僕は画面から消えた。


次の木曜日。渚と並木道にあるベンチで待ち合わせた。

渚は、シフォンブラウスとパステルグリーンのスカートで現れた。

向日葵をモチーフにしたペンダントが効いている。

Tシャツにジーンズの印象だった渚に新しい発見、きれいだ。

睦美は今日も談話スペースの同じ席にいた。

降り注ぐ太陽に、気持ちよさそうにうとうとしている。

「睦美」

「仁、待ってたよ」

いつもどおり、機嫌がよい。

「友達の藤代渚さん」

渚が僕の右後ろから、顔を出した。

「こんにちは。藤代渚です」

「こんにちは。仁の母です。いつも仁がお世話になっています」

立ち上がって挨拶をした睦美に、僕はびっくりする。

「部屋に行こうか」

睦美は心なしか、いつもより足取りがしっかりしていた。

「こちらです。どうぞ」

渚の緊張を和らげるように、居室前で、睦美は渚に声をかけた。

「仁、そこにクッキーがあるから出して。紅茶もね」

先日、僕が睦美に買ってきたお菓子で、渚をもてなそうとしてくれる。

聡が家に来ていた頃も、あれこれおやつを準備してくれていたな。

「ちょっと、机をお借りしますね」

渚は鞄の中から、瓶と花、鋏（はさみ）を出した。

手際よく花を生けていき、アレンジメントフラワーを作った。

「コスモスとガーデンマム」

ガーデンマムは洋菊だと教えてくれ、睦美は花に顔を寄せた後、笑った。

客観的に見ればよくわかる。睦美はこんな笑顔だった。

無邪気な笑顔に、睦美が会いたい人など誰でもよくなる。

「仁さん、座るところを作ってくれますか」

浮かれる僕を察したのか、今日の目的を渚に念押しされたようだ。

部屋にある椅子を窓側に背を向けるように設置した。

渚が座る椅子は、事務所から職員が一脚貸してくれ、準備は整った。

「じゃ、睦美さんはこちらに座ってくださいね」

ベッドに腰掛けていた睦美の手を取り、渚は自然な流れで導いた。

「動いても大丈夫ですよー。転げ落ちないでくださいねー」

動き出した渚の手先を見て、睦美は身を乗り出し、僕は慌てて制止した。

渚は、慣れたように余裕で声をかけ、デッサンを進めていく。

「あなた、響子に似てるわねぇ」

睦美、禁句だって。

僕的には、ちっとも似ていないし。

一瞬、渚と目が合ったが、渚は睦美に問いかけた。

「響子さんって、どんな人なんですか」

「ねぇ、仁、どんな人？」

「……いい人、だった」

「だったって。よかったね」

渚にだけ強調する睦美は、すべてお見通しなのか。

渚は僕をちらりと見て、止めていた手を動かし始めた。

この日、渚がデッサンしていたのは十五分程度。

僕らは一時間もしないうちに、施設を後にした。

帰り道、毎週木曜日に一人で睦美を訪ねたい、と提案してくれた。

「今日はミッションみたいに感じてたけど、次からは気楽にやる。楽しかったから大丈夫」

渚は素直だ。

僕らは並木道のベンチで別れた。


あれからひと月、週に一度のペースで、渚はデッサンを続けてくれていた。

施設のゆったりした時間に癒され、自分の創作も捗ると喜んでくれた。僕は、仕事の合間に顔を出していたが、睦美には深くは触れず、「僕の友達は来ているか」と聞くくらいに留めていた。青野ケアマネジャーは日めくりカレンダーを用意し、渚が来る日に印をつけてくれ、職員らは、その日の午前中に入浴、おしゃれをさせて、睦美の特別な時間を支えてくれた。音源制作が佳境に入り、渚とは個人的に会わずにいたが、施設に行く前に花屋に寄り、睦美や施設の方々に花を買ったりした。

ある日、渚から一輪挿しと花をプレゼントされた。自分のために花を選び、水を換え、時に写真を撮ったりして、僕の日常は花がある生活に変わろうとしていた。

残暑は十月になっても続いたが、夜道は秋風を感じるようになった。

ノスタルジック。

追憶と懐古の繰り返し。

この季節、メンタリティーに気をつけなきゃ。

渋谷での打ち合わせの後、新しい制作の相談で、荘さんに下北沢に呼び出された。

「よー、仁。まずは腹ごしらえしよ」

荘さんは、足早に南商店街の人の波をすり抜ける。

まさか。待ってよ。

「もしかして？」

「そうそう。一回、食べてみたいねん」

これだけでお互いにわかるのは、あそこしかない。

響子のライブバー跡地にできたカレー屋だ。

「カレーが食べたいなら、別の店にしましょうよ」

「激戦区で頑張ってるんやで。俺らが世話になった土地やん、応援しようや」

見ず知らずの人に、関係ないって。

呆れて言い返せない。

なのに、荘さんのスピードに合わせて、僕は急ぎ足になった。

入口で食券を買った荘さんは、千円札を僕に渡し、選ぶように促した。

「ここのカレーは中辛でもだいぶ辛いから、普通にしときや」

一回食べてみたいって、どの口が言った？

ぜったい、初めてじゃないだろう。

僕は激辛のボタンを力強く押した。

店内は、待ち時間はないが、入れ替わりでほぼ満席になっていた。

注文してから三分で、カレーライスが運ばれてきた。

形が崩れたじゃがいもとゴロゴロした大きな牛肉、香辛料が目に染みる。

痺れる辛さは旨味なのか。

麻痺してきたが、スプーンが止まらない。

大汗をかき、僕はジャンパーを脱いだ。

「なぁ、辛いって言うたやろぉ」

激闘が終わった満足感に浸るなか、僕は店内を見回した。

あそこにカウンターがあって、あそこに海の絵が飾られ、あそこで僕は歌って、あそこで睦美がフルーツビールを勧め、あそこで響子と……。

荘さんは、僕のコップに水を継ぎ足した。

「仁……。響子ちゃんは、もう、おらんねんで」

一瞬で心に波及した事実に、瞼を弾かれ、僕は天井を見上げた。


結局、荘さんの話は電話で済む内容だった。

もやもやした僕は品川駅で下車し、マンションまで三十分ほど歩いて帰った。

公園と民家の間から、どこからともなく、金木犀の香りが僕を包み込んだ。

憂鬱が僕の心に侵食してきた。

ここから、早く抜け出なきゃ。

五感を振り払うように、空を見上げた。

手が届きそうな満月。

島根の海辺、夜風の冷たさまで蘇らせる。

光すら抜け出せない天体が、僕に押し寄せる。

ブラックホールから逃げるように、息が切れてもマンションまで走り続けた。

マンションの下で暗証番号を押す。

エレベーターの中で、鞄から鍵を出す。

チャイムは鳴らさず、扉を開ける。
電気を点けて、手を洗う。
睦美が家を出て、二年。
〝おかえり〟と〝ただいま〟の何気ない幸せを悔やむ。
慣れたはずの無音が今日はきつい。
リビングの電気は点けない。
こんな夜は月の灯りで十分だ。
ローボードの上にある写真立てのジョン・レノンに問いかける。
僕はなんのために生まれてきたの。
睦美を施設に預けたのは、僕の不甲斐なさのせい?
やっぱり、一緒に暮らした方が幸せだよね。
そしたら、睦美は空を見上げなくなるの。
悔しさと怒りは振り子となって、悲しみが僕を渦巻く。
この広い部屋で、僕は一人、どうなっていくのだろう。
窓から見える東京タワー。
この景色、今日も明日も、睦美と胸を躍らせて分かち合いたい。
もう一度、問いかける。

なんのために、生まれてきたの。
人が生きる意味ってなんだろう。
僕の生きる糧はなんだろう。
誰か、助けてくれ。
響子、助けてくれ。
そうやって、甘えて生きてきた。
一輪挿しのコスモスが闇夜に映える。
おもむろに、渚に電話をかけた。
深夜十二時過ぎ、スリーコールで電話を切ろう。
「もしもし」
渚の明るい声は、奈落の僕に手を差し伸べた。
特に話題を振らない僕に、渚は、たわいもない出来事を一から話し、はしゃぐ。
知らない名前ばかり、面白くもない。
どうしたの?
こんな時間に何かあったの?
僕は聞いてほしいのだ。
自分のことはさておいて、やさしくしてほしいのだ。

「ねぇ、どう思う？」

「……」

「怒ってるの？」

無配慮で僕の感情に入ってきた渚に苛立ちをぶつけた。

「知らない人をどう思うって聞かれても答えようがないよ」

電話越し、渚の不快な顔が見えた。

「響子さんだったら、今の仁さんを癒してくれるんじゃない？」

「……」

「私じゃなくて、響子さんに電話すればいい」

弱さを突かれ、僕のメンタルが凶器になった。

「そうだね」

渚の好意は鈍感な僕でもわかる。

僕は残酷だ。

五感を研ぎ澄ませ。

早く謝れ、渚に謝るんだ。

金木犀のせいだ。

僕は謝りもせず、電話を切った。

二日後。渚のバイト時間が終わる頃、花屋に寄った。

デッサンは断ろう。

「いらっしゃいませ」

業者の荷物を受けていた渚は、接客口調で待つように会釈した。

「今日はどんな花？」

「この前はごめん」

「一輪挿しの花？　睦美さんに？　ほら、この花、新種なの。かわいいでしょ」

「……任せる。全部、任せる！」

渚はくすっと笑い、一番高い花で作ろうとふざけてみせた。

「睦美の絵だけど、ありがとう。もう、いい……」

「それ、仁さんの勝手。今は、私と睦美さんの関係だからね。それに……」

渚のアルバイト後、並木道のベンチで待ち合わせることにした。

渚が選んでくれた花を手に、睦美に会いに行った。

談話スペースにも居室にも睦美はおらず、職員が入浴中だと教えてくれた。

睦美がいつも座っている席に座ってみた。

西側、全面ガラス張りで、太陽の光を浴びるこの位置は、特等席だ。

花壇や菜園が彩る先に、公園、大通りのバス停、車両の行き交いが見える。

退屈しない、のかもしれない。

空を見上げる以外に何か目的があるのではないかと探してみた。

「こんにちは。西山と申します」

初めて見る女性職員だ。

いや、施設のイベントで睦美と並んでいる写真を何枚か見たことがある。

「睦美さんには、親切にしていただいています」

「こちらこそ、ありがとうございます。イベントの写真でお見かけしたことがあります」

「私と睦美さん、いつも隣に並んでるでしょう。睦美さんが私を心配して、声をかけてくださるんです」

西山さんは恥ずかしそうに言う。

心配？

睦美が西山さんを心配しているの？

「おーい」

車いすに乗ったおばあさんが立ち上がり、隣に座るおじいさんが、助けを求めるように手を挙げて、西山さんを呼んだ。

彼女は、咄嗟に僕に頭を下げ、おじいさんらの方へ駆け寄った。西山さんが適切な対応をしたのか、おばあさんは難なく着席し、隣のおじいさんも安心したようにテレビを見始めた。西山さんはまた誰かに呼ばれ、去っていった。

ほどなく、職員に連れられ入浴から出てきた睦美に、僕は座るように促した。

「そこ、いいでしょ。お花のお礼、どうぞ」

あたかも自分の席のように譲ってくれ、はっとした。

「母がここを独占して、他の方が座れないいんじゃないですか」

「大丈夫。ちゃんとしてる」

睦美は、職員の代わりに返答し、職員も微笑み、同意した。

ユーモア健在の睦美に癒され、爽やかな午後を過ごした。

十七時を過ぎて、食堂に入居者がちらほら集まってきて賑やかになった。

杖をついたおばあさんが、くつろぐ僕らの席に近づいてきた。

「歌がお上手なんですってね。歌ってくれないかしら」

僕は、職員の了承を得て、手拍子に合わせて二曲披露した。

たまたま来ていた家族は足を止め、職員も手を止めて、僕の歌を聴いてくれた。

体じゅうに拍手を浴び、睦美のおかげで、また、新しい喜びに包まれた。

咲き誇る睦美の笑顔に、ほんの少し、役に立っている気がした。

睦美が夕食を食べ始めたのを見届け、並木道のベンチへ向かった。

一直線先の小さな橋の上から、渚は僕を見つけ、大きく手を振った。僕もつられて両手を左右に一往復させたが、恥ずかしくなって、そっと手を下ろした。

息を弾ませた渚は、今にも僕に抱きつきそうに目を輝かせた。

「あのね！」

楽器と音符をキャラクターにしたポストカードが、ＳＮＳで楽器店の目に留まり、発表会のプログラムを依頼してくれたらしい。

音楽をモチーフにしたのは、僕の歌のおかげだと感謝してくれた。

仕事のお祝いと睦美へのお礼を込めて、渚を夕食に誘った。

渚は、店内で焼いてくれる窯焼きピザの店を選んだ。

ドルチェを食べ終わるまで、僕からは睦美のことは聞かずにいた。

なんとなく、食べながらする話ではない気がしていた。

ウェイターがコーヒーを注ぎ足してくれ、僕は切り出した。

「私も睦美さんのこと、食べてからにしようと思って……」

渚の心づかいは、睦美との時間を期待させた。

睦美とは、毎回、長くても十五分ほど、デッサンをしているらしい。時間が短いのは、睦美がじっとしていられないとか体調が悪いとかではなく、睦美の話自体が興味深く、為になり、自分が手を止めてしまうからだと渚はうれしそうだった。

仕事のこと、両親のこと、将来のこと。

睦美は自分を例に挙げ、渚を励まし、勇気をくれたらしい。

「睦美さんの人生を知りたくなったの」

不快な興味に聞こえたら申し訳ないと謝ってくれたが、認知症の睦美ではなく、ひとりの人間として接してくれている渚がありがたかった。

「睦美さんの故郷って、温泉と津って書く、ゆのつじゃないかって思う」

睦美の故郷を渚に教えていなかった僕は息を飲んだ。

高校時代に一つ上の先輩がいて、名前は【けんた】。

名前まで辿り着いた渚を尊敬する。

「睦美さんがね、その人を追いかけて東京に来たって言ってた」

それ以上は、睦美の思い出を傷つけてしまいそうで詳聞できなかった、と渚は詫びてくれた。

渚が愛おしい。

触れて確かめたい。

おぼろげな月に照らされて、渚を自宅近くまで送った。


三日後。ライブの入り時間より早めに現場に行った。

「よー、仁。今日もよろしくぅ」

荘さんは、出演者との打ち合わせを終え、僕の隣に座った。

「そうそう、神戸の鄭さんから連絡があった。配信ライブ、よう見てるらしいよ」

「長い間、ご無沙汰してるんですよ」

「この前、オンラインでしゃべったけど、アフロとちょび髭は健在やったわ」

荘さんは、あれから響子と連絡を取り合っているのだろうか。

だめだ、今日は睦美が目的だ。

「荘さんって、睦美が島根に住んでた時のこと、知ってますか」

「田舎が島根っていうのは知ってるけど。ほら、仁が高三の時、千夏と嫁さんと仁と俺、四人で急にキャンプしたことあったやろ」

「ああ。長野？　川でヤマメを釣って食べた？」

「そうそう、きれいな川が近いキャンプ場。今やから言うけどな、睦美さんのお母ちゃん、仁のおばあちゃんやな、あの時、亡くなりはって、葬式に出たいから仁を預かってくれって睦美さんに頼まれたんや」

ほら、また、度肝を抜かれる。

「その顔は、何にも知らんかったんやなぁ」

「はい」

睦美の過去は、僕を寡黙にさせた。

荘さんは、睦美の病気を理由に、僕に知っている限りを話してくれた。

睦美は、温泉津(ゆのつ)から進学を機に上京したらしい。渚には【けんた】という人を追いかけてきたと言っていたようだが、十八で東京に出てきたことは確かだ。荘さんの父親が東京観光で遊びに来た時に、睦美に羨ましがられ、家族のことが話題に挙がったらしい。睦美は父親と折り合いが悪く、上京してから島根に帰ることはなかったが、母親とは連絡を取っており、僕が生まれたことも僕の父親が交通事故で亡くなったことも知らせていた。僕は、幼少期、祖母に面倒をみてもらったり、遊びに連れて行ってもらったりしたらしいが、写真にも記憶にも残っていない。

「仁のおばあちゃんな、乳がんになったこと、隠してたんやって。五年くらいして再発して、六十代で亡くなったみたいや」

睦美が苦労を語らないのは母親譲りなのかと血縁を感じたものの、他界した祖母の話は、睦美の過去の一部として遠雷のように響いた。

「どうやろ。聞いたことあるけど、複雑って一言で、睦美さん、話を終わらせたわ」

「祖父……は」

睦美の会いたい人は、温泉津の【けんた】という人か？

それとも、母親？　父親？

空を見上げる睦美は、いつの時代を生きているのだろうか。

「それからなぁ」

また、度肝を抜かれるのか。

「睦美さんなぁ、高校ん時、陸上部でハードルやってたんやて」

荘さんは、自慢顔でどうでもいい情報をくれた。


並木道の木々が色づき、紅葉の季節になった。

あれから、二週間。

三年前の酩酊旅行に苛まれ、睦美に温泉津の話を聞けずにいた。

今日は施設で渚と落ち合う約束だ。絵が完成したのだという。

「仁、見て」

睦美は、完成した肖像画を胸に抱き、僕を待ち構えていた。

外見の特徴だけではなく、強い自信と温かみ、睦美の内面も描き出されている。

僕は肖像画を手に取って、繊細な描写を目で追いかけた。

「睦美さんって高校生の時、もてたでしょうね」

渚は意図的か無邪気なのか。

自然体で、デリケートな僕を刺激する。

「もてない。いつもひとり」

意外な答えが返ってくる。

さびしかったの？

孤独？

渚のペースに乗って、僕も尋ねてみる。

「ね、睦美って、陸上部だったの？」

「そう。走ってた」

「どこの高校？」

「忘れた。昔むかしのこと」

「大事なのは今ですよね？」

睦美に確認するように、渚が問いかける。

いつの間にか、睦美と渚が仲良くなっている。

—あなた、響子に似てるわねぇ—

初対面で、睦美には、感じるものがあったのだろうか。

ベッドからよく見える位置に肖像画を飾った。


渚とは並木道のベンチで別れ、荘さんのスタジオへ向かった。

録音の入り時間は二十一時だったが、度肝を抜かれたくて、早目に入った。

荘さんは、手土産のサンドイッチを横目に、キッチンに入っていった。

すぐに、コーヒーの芳しい香りがしてくる。

待つ間、ギターを抱え、即興でコードと戯れる。

「お、なんや、話、あるんか。睦美さんのことやったら、ごめんやで」

弦を弾(はじ)く指が鈍くなり、止まった。

「仁のおばあちゃんのこと、睦美さんの考えがあるやろうに、俺から話してもうて、悪かったなって思ってな」

荘さんは、他人の過去を口外するのは、失礼なうえに、睦美の病名を挙げ、自分は性質(たち)が悪いと顧みた。

「今度、睦美に会いに来てくださいよ」

「おぅ」

「いつが空いてますか」

携帯電話のスケジュールを開き、日程を調整しかけた時、録音のサポートメンバーが現れた。荘さんは、打ち合わせの流れになり、僕はスタジオに入った。

夜明け前、予定の二時間遅れで、録音が終わった。
ドラマーが持ってきたジャズの名盤で盛り上がり、牛丼を喰らって、始発に乗った。
JR山手線は、通勤か朝練の学生か、人の動きで忙しい。
品川駅を告げる車内アナウンスで、僕は窓の外に目をやる。
元アルバイト先の高級ホテルがそびえ立つ。
四年前、この時間は、ホテルの朝食を担当していたっけ。
当時の主任は元気にしているだろうか。
なんだかんだで、楽しかった。
今の仕事、今日の朝帰りもあの時のリストラのおかげ。
そんな風に思えるように、過ごせてよかった。
僕は今さらの感謝で、電車のスピードに合わせ、小さくなるホテルを見送った。
誰にでも忘れられない景色と思い出があるのだろう。
睦美の高校時代を想い、車窓からの空を見上げた。
調べてみようか。ようやく苛まれていた三年前の酩酊旅行から抜け出せた。

自宅に着き、熱いシャワーを浴びて、パソコンに向かった。

温泉津から通学できる範囲には、廃校になった一校を除いて、三つの高校があった。

睦美が卒業した大学の偏差値から、想定できる学校名を、まずは検索してみた。

島根県立古宮（こみや）高等学校。

ホームページの設立年から、睦美は第七十二期生になることがわかった。

睦美が卒業してから、廃校になった学校と合併して、新しい科が創設されている。

学校にプライバシーに関わる問い合わせをするわけにもいかず、思いのまま、検索ワードを入力していく。

【島根県立古宮高校・けんた・第七十一期生】

それらしいものは見当たらない。

【島根県立古宮高校・睦美・第七十二期生】

睦美の旧姓すら、知らない。

あっ、そうだ、陸上部。ハードル。

荘さんからの情報も追加してみた。

検索ワードが太字になり、いくつかのサイトがあがってきた。

荘さん、グッジョブ！

数回のクリックで、ツイッターの【古宮高校・第七十一期・サッカー部】というアカウントに辿り着いた。今から五年前、数年ぶりに同窓会をしたという記事に、居酒屋で一致団結した集合写真が掲載してある。祭りの後を楽しむような、再会を喜ぶ書き込みを、僕は、一言一句逃さず、過去に遡っていった。

『健太が来てくれてよかった。サッカー部のエース☆』

この人なのか。どんどん、下へ。

『一年下のTさん、元気かなぁ』

『陸上部の？』

『ハードルを飛ぶ姿が目に焼き付いている♡』

『その話は個人的にどうぞ』

『もう、三十年以上前の話でもダメか？💢』

マネジャーらしき女性が軌道修正した後、同じ人らが内輪の話で盛り上がり、まとまらずに、書き込みが終わっていた。

一年下のTさんは睦美なのか。

三十年以上前の話でもダメって、何かあったのか。

【健太】という人の書き込みは見当たらない。

情報を勝手に分析して、良からぬ方へ想像が広がってしまう。

アカウントのフォロワーをクリックし、名前と自己紹介文に目を凝らしていく。

【Ｋｅｎｔａ Ｔｏｙｏｄａ】

あった！

登録日は同窓会と同じ五年前だった。文章はなく、景色の写真が二枚アップされているだけだ。それ以後は更新されておらず、サッカー部のメンバーを相互フォローしているのか、フォローもフォロワーも共にキリがいい三十。現在進行形で活用しているようには見えなかった。

僕の思考に休憩を与えるかのように、荘さんから電話が入る。

「おつかれ。起きてたか。睦美さんとこに行く日やけど」

「合わせます！　いつがいいですか」

「ごめん。俺、よぅ行かんわ」

「……はい」

「心の整理がつかへん。俺のこと、忘れてたらどうしようって、どんな顔したらいいんやろって……。もうちょっと待ってくれるか」

先になれば、本当に荘さんを忘れるかもしれないよ。

精一杯の明るい声で、僕は電話を切った。

【Ｋｅｎｔａ Ｔｏｙｏｄａ】

この人も荘さんと同じ気持ちになるだろうか。

夕陽に真っ赤に染められた山々と空の二枚の写真。

同じ場所から撮られているようで、代わり映えはしない。

この人にとって、深い意味があるのだろうか。

忘れたくない景色、人に伝えたい景色、その日のただの景色。

僕は、勝手な情報分析を止め、パソコンを閉じた。


クリスマスを来月に控え、街はイルミネーションで彩られた。

年末ライブの誘いを多々もらい、久しぶりに祖父江らとバンドでイベントに参加することになった。渚は本業で忙しくしていたが、施設の行き帰りに花屋に寄り道をしたり、並木道のベンチで、コートの襟を立てて近況を語り合った。

最近の睦美は、談話スペースから空を見上げることはほとんどなく、それがむしろ、青野ケアマネジャーや職員らの心配になっているようだった。

ある日、僕は、ポインセチアの植木鉢を抱えて、睦美に会いに行った。

赤と緑のクリスマスカラーに浮かれた僕は、『ハッピーメリークリスマス』を鼻歌で睦美に歌った。たまたま通りがかった西山さんは、クリスマスの実行委員になったと胸を張り、昨年のクリスマス会の盛況は聞いていると声を弾ませた。

テーブルの下、睦美は、僕の腕を軽く引っ張った。

「今年もよかったら、クリスマス会で歌わせてくれませんか」

睦美は変わらず、僕の背中を押した。

後日、青野ケアマネジャーを通じて、施設から正式に依頼があった。

木枯らし一号が冬の到来を告げてから、二週間。

暑がりで寒がりの僕は、早々にダウンコートで細身を守る。

数年前に、睦美が気まぐれで編んでくれたニット帽を被れば、最強の防寒だ。

施設に行く前に、録音の最終チェックで荘さんのスタジオへ顔を出した。

睦美への面会はさておき、公私にわたる荘さんとの関係で、睦美を話題にする会話を避けたくはなかった。荘さんも、睦美の様子をこれまで以上に僕に聞いてきた。

「へぇー、施設にも、クリスマス会があるんやなぁ」

「この前のハロウィンは、職員さんが仮装して、お菓子を配ってくれましたよ」

「いろいろやってくれるんや」

荘さんは、淹れ立てのコーヒーを僕に手渡し、隣に腰かけた。

「この前は悪かったなぁ。睦美さんとこ、行くん待ってくれって言う(ゆ)て」

「あぁ、いや、僕の方こそ、すみません」

ほろ苦い香りを舌で確かめるように、荘さんは、しばらく黙り込んだ。

いつにない荘さんの横顔は、躊躇（ためら）いと覚悟の境界線にいるようだった。

「親父の見舞いに行った時な、お茶飲みたいって言うたのに、看護師さんに言うといたるわって、特に用事もないのに、さっさと切り上げようとしたんよ」

荘さんのお父さん、入院しているのか。

「ほな、親父な、冷たいんがええから、自販機で買（こ）うてきてくれって言うて。そんなん言うん珍しいなって思ったのに、冷たいもんは身体に良（よ）うないとか、また、言うてな。親父、あきらめたんか、すぐに寝てもうて。俺、看護師さんに言いもせんと帰ったんよ」

「はい」

「それが最後や。親父、死んでもうた」

えっ。

「なんで、お茶くらい、自販機くらいいって、悔やんでも悔やみきれん。……もう何年も前の話や」

「はい」

「でもな、仁。縁起でもないけど、睦美さんは生きてる。もし、もしやで、俺を忘れてても、はじめましてって言うたら、ええって思ったんよ」

荘さんは、涙でくしゃくしゃになった顔で、僕の目を覗き込んだ。

「クリスマス会、カホンを叩いてくれませんか」

「おぅ、もちろんや。ありがとうな。泣くなよぉ、仁」

もらい泣きした僕に、荘さんは、強く温かい手で肩を組んだ。


荘さんと軽く音を重ねた後、クリスマス会の打ち合わせで施設に向かった。

実行委員会では、先輩職員に交じって意見を出す西山さんがいた。

時間や曲数、希望曲などの簡単な確認を終え、僕は睦美を探す。

ここのところ、自分の部屋にいることが多かった睦美だが、今日は談話スペースの同じ席で外を眺めていた。

「仁」

睦美は、今日も、僕の名前を呼んでくれた。

僕の脳内はアルファ波で揺らぐ。

「たいへんだ」

窓の外の通り道、突風に吹かれ、スカートの端を押さえた女性に反応した。

睦美に聞いてみれば、この席はいろんなものが見えて楽しいらしく、僕の解釈で、やっぱり、退屈しないという結論に落ち着いた。

会いたい人も、日々変わるのだろう。

「もう、間に合わないかもね」

睦美の視線の先には、乗降待ちのバスが発車しただけで、人の行き交いはない。

「何が間に合わないの？」

「怒られたら困るから、言わない」

「怒らないよ。教えて」

同じ問答を繰り返し、僕は疲れ、早々に施設を出た。

ナーバスに引きずられ、町をうろつき、カフェに入った。

こんな時ほど、新曲のリリックが冴える。

一曲が仕上がり、心待ちにしたバンドリハーサルのため、スタジオに向かった。


約束の一時間前だったが、祖父江はすでに来ていた。結局、全員が四十分前には集まり、荘さんのはからいで、空いていたスタジオを早めに貸してくれた。

ドラムのカウントの後、祖父江のギターがイントロのリフを奏で、ベースが独特なラインで一体化し、僕は二人を邪魔しないように、音を厚くする。

「カッティングだけでグルーブ感が出る」

「サビの歌いまわしが絶妙」

「神がかりにかっこいい、かっこいいよぉ」

一曲目の最終音、余韻が消えたと同時に祖父江は口に出して僕を褒め称え、他のメンバーも楽器を調整しながらうなずいていた。

立て続けに三本ある年末ライブが楽しみで仕方ない。

仕事でライブハウスに来られず、生配信を喜んだ渚の笑顔が浮かぶ。

今夜も、また、音楽に救われた。


師走で祖父江らメンバーは忙しく、丼屋で簡単に腹を満たし、早めに解散をした。

—間に合わないかもね—

睦美の言葉が頭をよぎる。

病気のこと、もしかしたら、命のことを言っているのか。

楽しい時間が終わって、すぐにナーバスが襲いかかってきた。

帰り道、スーパーで品質表示をじっくり見ながら、買い物をして気を紛らわせた。

帰宅後は、食材を片付け、溜まっていた洗濯をまわし、掃除機を念入りにかけ、窓を拭き、早めの年末大掃除になった。東京タワーを眺めながら休憩を挟んで、風呂掃除がてら、長湯で心身を癒した。

最後に、キッチンの一輪挿しの水を換えて、リフレッシュ完了。

渚から着信だ。

セーフ。もう少しで弱音を吐くところだった。

昼間の睦美の出来事をポップな口調で僕は伝えた。

「そうだとしたら、仁さんはどうしたいの？」

頭に描いた思いは、短絡的で答えられず、宿題みたいになって、電話を切った。

【Ｋｅｎｔａ Ｔｏｙｏｄａ】

すぐに、彼のアカウントを検索した。

更新はされておらず、ヒントを得たくて、フォロワーのアカウントを閲覧していく。

やっぱり、同郷のサッカー部関係者らしき人しかいない。それぞれのアカウントにも豊田さんの話題はなく、本人の書き込みも見当たらない。

もう一度、豊田さんのトップ画面に戻った。

キリのいい三十だったフォロー数が三十三に増えている⁉

おすすめの温泉や旅館を紹介している人。

島根の観光地や名産を取り上げている団体。

ユニバーサルデザインやバリアフリーの暮らしのスペースを提案する企業。

新しくフォローされたアカウントは、三つともが関連しているように思えるが、彼の個人情報は導き出せない。

『はじめまして。堺仁と申します。不躾に失礼いたします。Ｔｏｙｏｄａ様は、温泉津にある古宮高校の第七十一期の方でしょうか。お聞きしたいことがございます』

自分でも彼に何を聞きたいのかよくわからずにいたが、僕はツイッターのメッセージ機能を使い、連絡をとった。

次の朝、返信の期待は破れ、数日間、既読にもならない落胆にも慣れてきた。


早朝に粉雪が舞った日、施設でのクリスマス会が開催された。

睦美は、荘さんを見て一瞬、誰だかわからない表情を見せたが、

「睦美さん、久しぶり」

声を聞いた途端に晴れやかな顔になり、荘さんと睦美は再会を果たした。

僕らの出番は最後だった。クリスマスの定番ソングに懐メロ、八十年代の流行歌を、ほんの少し僕流にアレンジして、全部で四曲、準備しておいた。途中、荘さんが感極まって僕からマイクを奪い、入居者の方々、職員の皆さんへ演説張りに感謝を語り出した。前途と健康を度々祝し、敬老祭の来賓のようにエールを送った。ライブハウスにいた時のように、荘さんを煽る睦美をきっかけに、会場は拍手喝采になった。荘さんは、予定外に、睦美の好きな『スタンドバイミー』を僕に歌わせて、やりたい放題のステージになった。

その後、僕らは、どこぞの歌手が来たかのように、入居者に囲まれ、握手を求められ、背中や肩を叩かれる激励を受け、おやつの時間になって、ようやく、幕を閉じた。僕らにも用意してくれたケーキを三人で囲み、荘さんの昔話に腹を抱えて笑った。僕には、荘さんが、面白おかしく、睦美と過去を共有してくれているのがわかった。睦美は声を上げて笑い、時々、荘さんの記憶違いに訂正を入れるほど、昨日の出来事のように、十年前のことでもよく覚えていた。とぼける荘さんに睦美がダメ出しをして、和(なご)んでいる二人は、ライブハウスのカウンターにいるみたいだった。

荘さんは、睦美との再会と入居者からの賛辞に、小躍りして先に帰っていった。睦美は、何度も僕の歌を誉め、上機嫌で『スタンドバイミー』をハミングした。

夕飯まで横になると言う睦美を部屋へ送り、仕事が終わった渚と並木道のベンチで待ち合わせた。

先にベンチで待っていた渚は、飛び跳ねるように駆け寄ってきた。手渡された紙袋の中身は渚が手作りしたマドレーヌだと聞き、今すぐ食べたいと喜ぶ僕に、「クリスマス会を生配信で見たかった」と渚は、恥ずかしそうにおどけてみせた。

シリーズ最終章の映画、二人が好きな作家の対談番組、お笑い芸人へのリスペクト。次から次へと展開し、お互いの趣味嗜好で時間が過ぎた。

「明日、バンドのライブですね。仁さん、音楽の魅力を教えてくれませんか」

「え？」

「仁さんにとっての、でいいの」

「……音符と音程で情景を描けるから」

渚の笑顔は、僕の世界を勇気づける。

「私は線と色彩だ」

「実はシンプルなんだよ」

「親子、人間関係も一緒かな」

「だね」

「年末年始は実家に帰ることにした。三年ぶりなの」

「そうなんだ。実家はどこ？」

「歩いてすぐ。花屋さんとちょうど、正三角形が描けるみたいに近いの」

「おもしろいね。その表現」

「少しゆっくりしてから、本業の制作に集中しようと思っているの。それにしても、今日のクリスマス会、行きたかったな」

　手作りマドレーヌのお礼が何もなかった僕は、ささやくように歌を歌った。

　寒空の三日月に願いを込めて。

少し早い、メリークリスマス。

ありがとう、ジョン・レノン。


大晦日。睦美と午後を過ごし、簡単な大掃除を終えた。

コンビニの正月用総菜を盛り付けた即席おせち料理は、なかなかの出来栄えだ。

東京タワーは僕に、今年一年をねぎらい、問いかけてもいるようだ。

毎年恒例のお笑い番組は、新旧共存の安心感がある。

年末の雰囲気にくつろぎ、除夜の鐘が響く前に、ノンアルコールで晩酌を始めた。

携帯電話が光った。

渚？

日頃、使わないツイッターのメッセージに慌てて箸を置いた。

『どのようなご用件でしょうか』

画面の活字に、カッと体が熱くなる。

『たいへん失礼しました。私の母は堺睦美といいます。旧姓がわからず、結婚後の名前になります。豊田さんという方を探しています』

睦美の病気を伝えず、ましてや、旧姓がわからないとは、怪しいメッセージになってしまったが、確定できない情報で説明しづらく、送信してから、僕は省みた。

『当方は豊田といいますが、堺さんが探している人かどうかはわかりません』

『母のことをご存じですか』

テレビでは、出演者が一堂に会して、カウントダウンが始まった。

クラッカー音と紙吹雪に交じり、新年の幕開けを祝っている。

『一学年下に、常盤（ときわ）睦美さんという方はいました』

『お話を伺うことはできないでしょうか』

その後、豊田さんからは返信がなかった。

睦美の旧姓を知って、なぜだか、前進した気になる。わずかな期待で携帯電話でネット検索を始めたが、既知の情報ばかりで、見飽きた僕は、ユーチューブ動画に移動し、いつの間にかソファで朝を迎えた。


三度寝をして、目が覚めたのは午後二時過ぎ。

テレビは、門松や着物、袴姿のタレントで新年を意識させる。

そうか、年が明けたんだ。

豊田さんからの返信はなく、僕は施設に向かった。

睦美の部屋には、職員からの年賀状と昼食のメニューがベッドの上に置いてあった。

松花堂弁当には、お雑煮が付き、赤飯、昆布巻き、数の子、紅白なます、だて巻きと、お正月らしいメニューにしてくれていた。

「おせち料理だったんだね」

「そう？」

「さっき食べた昼ご飯だよ」

「おいしかった。仁も食べた？」

思い出した？

合わせてる？

いずれにせよ、僕を心配してくれている。

「そういえば、睦美は常盤睦美っていうの？」

「へー、よく知っているね。〝ときわ〟って漢字、仁は書ける？」

驚いたものの、誰に聞いたか、どうして知っているか、気にならないみたいだ。

睦美は、僕にペンを借りて、メニューの裏に自分の旧姓を書いてみせた。

「豊田さんって誰？」

豊田さんへの中途半端が後ろめたい僕は、いきなり疑問を投げかけてしまう。

「どうして会いたいの？」

睦美が会いたいって言ったわけじゃないのに。

自分の筆跡を指でなぞっていた睦美は、窓の外を見上げた。

「お礼が言いたい」

二人には何かあったの。

「豊田さんに？」

「うん」

「会えるといいね」

無邪気な睦美の笑顔に、ほんの少し胸が痛い。


あれから、二週間。

豊田さんからは返信はない。

年末年始で頓挫していた仕事に取り掛かり、余計なことは考えずに済んでいた。

今日は聡に会う。自宅作業を終え、新宿に急いだ。

馴染みのビアホールは、新年会のせいか混雑していたが、聡が予約してくれ、待ち時間なく座れた。

聡は、家族で賑やかな長期休暇を過ごしたらしく、羨ましくもあった。

睦美の近況を聴いてくれ、そのまま、豊田さんとの一連の流れを話した。

「で、どうするの？」

「お礼が言いたいって伝えようと思って」

「なんで？」

「睦美のため……」

「それって、仁のためじゃないの」

聡は僕に切り込んでくる。

「じゃ、お礼を伝えることになったとして、電話？　施設に来てもらうの？　どこに住んでる人なの？　簡単に来られる距離じゃないかもしれない。病気だったら？」

具体的に考えていない僕は、並外れの浅はかさだ。

「仁、悪い癖、出てる」

聡は、生ハムを数枚さらい、口に入れた。

「一人で抱え込んでないか」

また、生ハムを数枚さらい、ちらりと僕の顔を見て、口に入れた。

「反省したなら、残りの生ハムは仁にやるよ」

聡の緩急のバランス感覚を尊敬する。

「最近、花屋の彼女は？」

「彼女じゃなくて友達ね。年末からしばらく実家に帰ってる。都内なんだけどね」

「へー。なんで？」

「ここ数年、帰ってないみたいだったから、それでじゃない」

「さみしいだろ？」

「べつに」

たまに連絡は取ってるし。

制作期間中の閉鎖生活を理解できるのは僕だからだよ。

「聡ん家は賑やかだろうなぁ」

「まぁな。仁、幸せって匂いがするんだぞ」

「匂い？　どんな？」

「説明できないけど、匂いがあるよ」

終電間近に店を出て、聡と駅まで風を切った。

「睦美さんに」

「よろしく、だろ」

「うん。伝えといて。それから、豊田さん？　仁が思うハッピーエンドじゃないかもしれない。結果、誰かが後悔するかもしれない……忘れずにな」

「ありがとう」

聡は、挙げた手で僕に応え、改札口を降りていった。

次の朝、豊田さんに連絡をとった。

『その節はたいへん失礼いたしました。母は豊田さんに会いたいようです。お礼を伝えたいと言っています。ご連絡をお待ちしています。堺仁』

二時間後、返信がきた。

『こちらこそ、先日は返信もせず、失礼いたしました。お母様は直接、連絡をとれないご事情がおありでしょうか。豊田健太』

『母は認知症になり、施設で暮らしています』

豊田さんは、睦美の病状を気遣い、ていねいなメールを続けてくれ、今、温泉津に住んでいるとわかった。来月、神戸のホテルで会う約束をしてくれた。


約束の日まで三週間。

ライブや仕事の合間を縫って、睦美に会いに行った。

日にちが近づくにつれ、迷いと後悔が僕を襲ってきた。

夜は長く、一人になりたくない。

荘さんのスタジオで誰かを待ったり、出演がない日もライブハウスに出向いた。

今日は、仕事の佳境を終えた渚と夕飯の約束があり、目覚めから気分がいい。

制作開始から一時間で、新曲のサビが最高にかっこよく決まり、バンドライブが待ち遠しい。お気に入りのセーターに着替えて、並木道のベンチに向かった。

昨年末ぶりに会った渚は、痩せたように思ったが、食べることを忘れて制作に集中したせいだと両手を上下に動かし、元気だと微笑んだ。

「実家はどうだった？」

何気ない一言で、渚は泣き出した。

慌てふためく僕に、渚は、涙をこすって、ぽつりぽつりと話し始めた。

幼い頃から花が好きだった渚は、高校生になり、二十代後半の新婚夫婦が営む花屋と出合った。店の雰囲気や小さいながら品種が多く、花を愛する二人の姿勢にも惹かれ、一本だけの贅沢で買いに行くようになった。大学生の時、その店の奥さんが妊娠し、復帰できるまでの間、雑務のアルバイトをすることになった。出産後も体調が優れなかった奥さんの代わりに、依頼が増えた個人や店舗への配達員として手伝ってきた。

店舗拡大で移転したのを機に、大学三年生から、アルバイトとして本格的に接客をやり始めた。フラワーアレンジメントも勉強し、手書きのポップやイラスト、メッセージカードも喜ばれ、渚も充実していたという。まわりが就職活動で説明会や面接練習会に参加するなか、自由に絵を描き、好きなことを追求したいと考えた渚は、大学卒業後、フリーのイラストレーターを目指しながら、生活費を稼ぐためにも、アルバイトの継続を決めた。

「絵を通じて、自分を追求したかった。怖いもの知らずっていうか、創作をして花に囲まれて、楽しい毎日だった」

ある日、店長から、五十本のバラで花束を作るように頼まれた。他の配達で忙しい店長に代わって、渚が届けることになった。店長に手渡されたメッセージカードには、愛が詰まった一言が添えられていた。

「渚という女性宛てだったの。同じ名前で、それがまた印象的だった」

渚の両親は、幼少期から不仲で、父親との会話がほとんどなかったせいもあり、依頼主と相手の仲が羨ましくもあり、依頼主に会えるのを楽しみに、指示されたホテルのフロントで相手を待った。

「現れたのは私の父親だった。偽名を使ってたの。気持ち悪いでしょ」

渚は、伝票のサインをもらうことも忘れ、逃げるようにその場を去った。父親からは着信が何度も入っていた。次の着信に母親の顔がちらつき、ショックを振り切って電話に出た。父親は花屋の店員が渚だったことに驚いたと繰り返したが、取り繕う言い訳もせず、母親の悲しみを即座に思った。

「私からはお母さんには言わないって言ったら、『お父さんは構わないけど、渚がお母さんにあれこれ聞かれるよ。花屋のバイト中って知ったら、また、就職しないことをぶり返されるよ。お父さん、渚が心配だな、言わない方がいいと思うよ』って」

「……」

「お母さんに全部話した。そしたら、『もう、ずっとよ、渚って女でしょ』って」

「……」

「カードの宛名が渚だったって思い出した。これからも一緒に生きていこうって書いてあった。きっと、私が生まれる前からの関係だったんだよね。……父も母も軽蔑した」

　感情の振り子は揺れる間もなく、悲しみで僕を包んだ。

「両親を嘆いた。親のことを嘆いてもどうにもならないのに」

渚の横顔に胸の中で呟く。

大切だから、嘆いたんだよ。

逃げなかったから、今があるんだよ。

「母に強く当たって、家を飛び出したの……その時に、仁さんの歌を聞いた」

—強くなくたっていい。素直でいれば、答はきっと見つかる—

高円寺の高架下、自暴自棄で叫んでいた自分が蘇る。

「花を見るのが辛くて、バイトも辞めようって思ったけど、仁さんの歌のおかげで、花を好きでいられた。ありがとう」

　そう、花に罪はないのだから。

そう、花への願いは誰かを笑顔にするのだから。

「睦美さんに家のことを聴いてもらって、実家に帰ってみたくなった。父親は元旦しかいなかったけど、母親とは話ができた。お母さん、ほんとは寂しかったんだって」

淡い雪が静かな闇に光を放つ。

僕は渚の手をつないだ。


今日は、豊田さんに会う日だ。

聡には、神戸行きをメールしておいた。

渚から受け取ったバレンタインチョコを鞄に忍ばせた。

JR山手線、品川駅から、新幹線乗り場に移動する。

窓際の指定席に着席し、目を閉じた。

イヤフォンから聴こえるジョン・レノン。

どうか、見守っていてください。


新横浜を過ぎ、急に激しい雨が降り始めた。

雨粒が不規則に窓を叩きつけ、斜めに落ちてゆく。

降り注ぐ雨は、僕に何か伝えたいのか。

睦美は、こんな天気でも、空を見上げているのだろうか。

僕はイヤフォンの音量を上げ、すべてをかき消した。

新大阪を過ぎ、豊田さんからメールが入る。

予定通り待ち合わせ場所に着くと書いてある。

最初の活字から抱いた印象が、どんどん、よくなっていく。


ＪＲ神戸駅から徒歩で三分、ホテルの個室がある喫茶店を予約しておいた。

豊田さんは、会うなり、僕の連絡に感謝し、深々と頭を下げた。

醸し出す雰囲気と目鼻立ちが整った見た目には品がある。

豊田さんは僕に着席を促し、メニューを片手に注文を聞いてくれる。

ていねいな大人の対応に緊張は和らいだ。

コーヒーを運んできたウェイターに豊田さんは気さくに話しかけた。

ウェイターが首をかしげ、返答を曖昧にして退室した。

豊田さんは、本題を急くでもなく、ミルクだけをコーヒーに入れ、ゆっくりとスプーンで混ぜ、堂々と構えていた。

「無事に着いてえかった。実は神戸、初めてだけぇ」

「……」

「そっか、わからんなぁ。言葉に気を付けぇ」

僕の表情から、さっきのウェイターの様子が腑に落ちたのか、豊田さんは、方言に注意すると自分に言い聞かせた。

豊田さんは、創業九十年を迎える温泉旅館の三代目だと名刺をくれた。

「お客様の部屋から一望できる中庭に池があるんですが、そこの鯉がかわいくてね」

旅館の話をする豊田さんは、多弁になった。木造三階建て、玄関や渡り廊下は登録有形文化財に指定されているらしく、由緒正しさを感じさせた。

ひと呼吸し、豊田さんは、睦美の様子を聞いてきた。

どこから話せばいいのか迷っていた僕は、肩の荷が下りた。

睦美の病気を残念がる姿は、とても自然で、彼を受け入れられた。

しばらくの沈黙が流れ、豊田さんは、コーヒーを味わうように口にした。

次は、僕の番だ。会話を進めなくては。

「よかったら、豊田さんと母の話を聞かせてくれませんか」

睦美との関係、昔話にどこまで踏み込むのか。

悩んでいた答えを、豊田さんに委ねる形で質問してしまった。

豊田さんは口元を緩めた後、聞きたくない話かもしれないと真顔で念押しをした。

迷いなく、すべて知りたい。

誠実に向き合ってくれる豊田さんに感謝の念で意思を伝えた。

豊田さんと睦美は、同じ高校の先輩と後輩だった。

「私はサッカー部でお母さんは陸上部。ハードルが専門でね。髪をなびかせ颯爽と走る姿は、今でも思い出せます」

当時、睦美がサッカー部内でも話題に挙がり、注目されていることは認識していたが、豊田さんには同級生の彼女がいたらしく、それ以上の関心はなかった。

豊田さんが高三、睦美が高二になった新学期、噂話が流れるようになった。

「実家が原因で、睦美さんが気の毒でした」

睦美の実家は広い土地を有し、代々農業を営んできたが、睦美の父親が農業を辞め、カラオケ施設、レストランや映画館、大型スーパーなどで町を活性化した。次々に土地を購入、事業は拡大し、常盤グループとして地元に名前を轟かせた。専業農家から兼業農家に代わりつつあった人々は、パートタイムを含めて、雇用を喜んだ。同時に保育所や通所介護（ディサービス）などの福祉にも注力し、駅、病院、役所、スーパーと生活圏を最短で巡回する低料金バスも運行させ、町の人々は、政治家よりも信頼するほどだった。

実際に、睦美の父親は、人当たりがよく、金銭に対するがめつさもなく、公民館の改築や公園の遊具などに寄付を投じる社会貢献も積極的に行っていた。しかし、表向きでなかったラブホテルの経営主が睦美の父親だと噂が流れ、多感な学生たちは、面白がったり、毛嫌いしたり、好奇の目で睦美を見始めた。

「たぶん、睦美さんも実家の事業を全部は知らなかったと思います」

現に、ラブホテルの経営者は睦美の父親で、近県にも数店舗を所有していた。睦美への一部の嫌がらせはエスカレートし、同級生や陸上部の後輩の中には、暴言を吐かれる睦美を庇う者もいた。だが当の睦美は相手にせず、ひたむきにハードルを跳ぶ姿は、凛々しくもあった。もともと、父親の存在を理由にした横柄な素振りを豊田さんは感じたことがなく、睦美への印象は大きく変わることはなかった。

それでも、一部の男子学生は、睦美が給水機で水を飲んだ後、不潔だから使うなとか、学食では着席を邪魔し、汚らわしいと侮蔑した。当時は、高校の合併前で、全校生徒が四百に満たない人数だったらしく、そういった状況ほど、早く伝わっていったらしい。豊田さんは、放課後の校庭で睦美を目で追いかけるうちに、いつしか、凛々しさは、孤独を強がるせいだと考えるようになった。

「ある時、怒りに達して、いい加減にしろって一喝したんです」

豊田さんは直接的な表現を避け、僕に配慮してくれていたが、息苦しかった僕は、過去の出来事とはいえ、睦美の窮地に助け人が現れ、安堵した。

それを機に、睦美は豊田さんに会釈するようになり、話すことが増えたらしい。

「試合がんばってとか、暑いとか寒いとかそれくらいでしたけど」

夏休みに入り、睦美への嫌がらせは徐々に聞かなくなったという。二学期が始まった頃、隣接市に大型ショッピングモールができた。駐車場が備えられ、テレビで情報を得ていたファッションブランドやスイーツ、コーヒーショップが並び、映画館、料理やヨガ、英会話の教室があり、常盤グループの利用客は目に見えて流れた。同時期に、東京本社の介護業界の大手が温泉津に参入し、常盤グループは通所介護(ディサービス)の顧客獲得にも苦戦を強いられた。従業員らは、事業の巻き返しを信じ、賞与が減額されても働いていたが、ある時、常盤グループは、不動産業だけを残し、事業ごとに譲渡先を決めた。大半の事業は合併され、元従業員らは降格になったり、方針に賛同できない人たちは自主退職したが、実際には、リストラの対象だったことは否めないらしい。

豊田さんは、旅館を継いでから、地域の寄り合いや組合活動のなかで大人の事情を知り、高校時代の記憶が上書きされたという。

「自主退職した人には、すぐに就職先が見つからず、家族への影響が出た人もいたと思います。進学をあきらめた者もいて、お門違いですが、一時期は、睦美さんを悪く言う同級生もいました」

秋頃には、豊田さんは部活を引退し、学校では睦美とは会わなくなったが、放課後は受験勉強で教室に残って、ハードルを越えて走る睦美を眺めていたらしい。豊田さんには同級生の彼女がいたが、睦美の部活が終わるのを見計らって、自転車乗り場を

を助け、一緒に帰るようになった。

「橋の上に自転車を並べて風に当たっていると、空も山も真っ赤に染めて、太陽が沈んでいくんです。時間が止まれって思うこともありました」

志望校への進学が決まり、上京が近づいた豊田さんは、睦美に連絡先を渡した。

「私が言うのもなんですが、睦美さんが心配だったんです」

豊田さんは福祉学を専攻し、社会保障やソーシャルワークについて研究した。学業とアルバイトに追われたが、田舎暮らしから都会に出た楽しさもあり、日々を謳歌した。ほとんど返事はできなかったが、手紙やファックス、ポケットベルを駆使して、睦美が公衆電話に走ることもあったそうだ。

「でも、大学二年の初めまで高校時代の彼女と続いていましたから、私にとっては妹という感じで、東京の大学に進学すると聞いた時には、うれしい反面、驚きました。一人娘だったので、養子をとって事業を継ぐものだと思っていましたから」

睦美とは、東京案内に始まって、半年経った頃、豊田さんから告白し、付き合い始めた。彼女と別れたのは、睦美が直接の原因ではなかったが、睦美の存在が大きかったことは確かだと振り返った。

「睦美さんが東京に来て、友達らと遊ぶのをやめて、一緒に過ごす時間が多くなりました。心理学を専攻していた睦美さんの本棚に興味が出て、よく本を貸してもらったなぁ。福祉を学ぶうえでも刺激になって、今も役立っています」

　豊田さんは兄と姉がいる次男で、六歳上の兄が旅館を継ぐことが決まっており、自身は温泉津には戻らないつもりだった。大学二年の春休み、就職活動で忙しくなる前に、豊田さんは気軽に帰郷した。

「親父は持病の糖尿病のせいか、疲れやすくなっていたようで、息をあげながら館内を歩きまわっていました。兄は兄で、ぼーっとしているというか。元々、ラグビー部で体格がよかったのに目に見えて痩せているし。それでも、現役を引退してずいぶん経つからだと、兄に聞きもしないで思っていました。親父も兄も、旅館を手伝えとも言わなくて、地元の友達と出かけたり、のんびり数日を過ごして、東京に帰りました」

　半年後、就職活動に励むなか、姉から、兄が救急搬送されたと連絡があった。

「兄はパニック障害を患い、鬱(うつ)にもなっていました」

　全寮制の高校で過ごした豊田さんの兄は、卒業後、実家の旅館で働き始めた。しかし、不服だった老齢の板長が陰で指示し、数名の従業員から、長年にわたってパワーハラスメントを受けていた。板長には、豊田さんの祖父の代に料理に改革をもたらし旅館を有名にした恩があり、豊田さんの兄は、誰にも相談できずにいた。次第に不眠になり、体調不良を自覚していたが、高校時代に部活に打ち込ませてもらった感謝と長男としての責任を感じ、無理をして仕事を続けていた。宿泊予約やシフト管理のミスを自らで対処できなくなるなか、ついに、運転中に物損事故を起こした。幸い、大けがではなかったが、入院先の医師に進言され、心療内科に通院していたことがわかった。その薬を過剰摂取したことによる救急搬送だった。

「悪いことって重なるのか、親父が糖尿病の合併症で手先が痺れるようになって、疲労がピークに達した母が過労で入院しました。従業員らの不安を煽ることになって、実際、旅行サイトの評価は下がり、古いだけの旅館になっていました。婚約中だった姉は、結婚を取りやめるって泣きじゃくって……社会保障とか社会福祉とか研究しているくせに、自分の身内を守れないなんて、情けない」

豊田さんは、後期授業が始まっても東京には戻れず、必修科目の単位を落とし、留年が確定した。友達、アルバイト仲間、未練があった東京という場所での生活に、一年経てば状況はよくなり戻れるだろうと信じ、休学届を出した。

睦美とは連絡を取り合っていたが、豊田さんは格好をつけ、弱音を吐くことができなかった。それを理解するように、睦美は、一切のわがままを言わず、身体を気遣うばかりだった。

豊田さんの帰郷から半年が過ぎた頃、睦美が突然、温泉津までやってきた。睦美にとっての帰郷は、よほどの覚悟がいったと思いながら、経過も事情も思いも話すことはせず、旅館を継ぐとだけ伝えた。別れるでもなく、ついてきてほしいでもなく、濁した言葉で、睦美との未来を閉ざした頑固な態度だったと豊田さんは振り返った。睦美は表情をひとつも変えず、「身体に気を付けて」と席を立った。

「睦美さんは、内に秘める人だから、そばにいる人が守ってあげないと……」

「じゃ、どうして、きちんと話もせずに別れたんですか」

間髪を入れず、豊田さんを強くなじった。

もしそれをしていたら、僕は生まれていないかもしれないのに。

「……怖かった。決心が揺らぐんじゃないかって……」

旅館の立て直しに奔走するうちに、睦美との時間は色褪せていった。

思い出したくても、思い出せなくなった。

「なかったことにしたかったのかもしれません」

正直な豊田さんに、僕は胸がいっぱいになった。

しばらくの沈黙で、お互いが共有した時間の終了とした。

ゆっくりと席を立った豊田さんに、不意に言葉が衝いて出た。

「祖父のことをご存じですか」

二年前、温泉津にある特別養護老人ホームで、祖父は死去していた。亡くなる直前まで足腰は元気で、朝食後、部屋に戻り、冷たくなっていたらしい。施設長、職員の方々の厚意で、施設内で簡単な葬儀を行ってくれ、自治体が遺骨を引き取り、今は、公共の墓地で眠っているらしい。

迷いなく、財布から、豊田さんに五千円札を渡したが、受け取らなかった。

「堺さんの代わりに、花を手向けにいきますね」

お札の意味を汲み取った豊田さんは、名残惜しそうに部屋を出ていった。

ひとりになった瞬間、睦美の人生を思い、涙が止まらなくなった。

ウェイターのノックで時間が動き出し、外の風を受け、動悸が静まった。

歩道橋、忙しく歩く人の群れを逃れ、僕は端へ寄った。

携帯電話から渚の連絡先を探し、スクロールしていく。

さらに、さらに、スクロールしていく。

会う人。会わない人。会いたい人。会いたくない人。

会えない人。会わなくていい人。

ひとつの名前に指が止まった。

止めどなく、苦しんだワンタップ。

親指が確かな意思を持った。

響子、ありがとう。

心からの感謝で名前を消した。

渚の名前をタップする。

「もしもし」

渚の声が耳元から身体に沁みわたる。

新しい僕で、渚と最初から始めたい。


ＪＲ神戸線で二駅移動し、鄭さんのライブハウスを目指した。

細くて急な階段は慣れていても、転倒には要注意だ。

階段の踊り場に無理やり作った狭い受付も変わらない。

目の前に広がる閃光、耳元で再現される歓声と汗の感覚。

バンド時代のステージが鮮やかに溢れ出す。

扉を押し、奥の事務所へ進んでいく。

「おはようございます」

「よぅ」

暗がりのなか、間接照明を灯し、鄭さんはパソコンに向かっている。

約十年ぶりの再会にも動じない。

ようやく席を立ち、僕の全身を見て、にこっと笑い、ちょび髭を触った。
「仁。歌ってってよ」
僕の返事も聞かずに、鄭さんは出演者の輪の中に入っていく。
鄭さんの声かけで、初対面のギタリストが快く、ギターを貸してくれた。
睦美の青春時代に敬愛を込めて、全力で歌に注ぐ。
スポットライトが僕を照らす。
拍手が僕の情景を包む。
息を吐く。
息を吸う。
よかった。
僕は生きている。

あれから、一カ月。
花粉が僕を悩ませる季節に入った。
連発のくしゃみ、鼻をくしゅくしゅさせながら、僕は並木道を行く。
足元で春を告げるタンポポがたくましい。
聡からメールが入る。

今頃、返信？

『今日も幸せの匂いに包まれている』

雛飾りを背にした、娘たちが泣き笑いする三枚に、温かい気持ちになる。

するとまた、携帯電話が静かに揺れた。

豊田さんが睦美を訪ねたいという。即返事したい気持ちを堪え、睦美に確認する旨を伝えた。豊田さんは賛同し、妻の同席も併せて聞いてほしいとのことだった。

僕のくしゃみと鼻水は止まり、施設までの足取りが軽くなった。


睦美は談話スペースのいつもの席にいた。

窓の外の通りには、近所の園児たちが先生に連れられ、散歩をしている。

「あ、仁。見て、かわいい」

「ねぇ、豊田さん、遊びに来てもいい？」

「いいよ。明日？」

「じゃないんだけど。豊田さんの友達もいい？」

奥さんとは言えず、友達にしてしまう。

「渚ちゃんみたいに、仲良くなれるかなぁ」

「なれる！　なれるよ」

自分を鼓舞して声を大きくした。

次の週、豊田さんと約束ができた。

睦美の気が変わらないうちにと思っていたが、豊田さんの方が急いでいるようだった。

ＪＲ品川駅で待ち合わせ、ホテルまで荷物を置きに同行した。

長旅の疲れを配慮して、施設に向かう前に喫茶店に入った。

打ち合わせというか、豊田さん夫婦と少しでも交流しておきたかった。

豊田さんの妻は尚子（なおこ）さんといった。目元が涼しい和風美人で、大人しく控えめな印象を受けた。豊田さんと並び、会話する二人は、おしゃれなオシドリ夫婦だ。

睦美との過去を尚子さんは知っているのだろうか。

僕の心を読み取ったように、豊田さんは、睦美より一つ下の陸上部の後輩、しかも、同じハードル種目だったと尚子さんを紹介した。

「睦美先輩には、よくしていただきました」

島根の気候や旬の美味しいもので話題が始まるなか、豊田さんは、電話のために席を外していいかと確認し、そのまま喫茶店を出ていった。

「急な用事を思い出されたんですかね」

「私に時間をくれたのだと思います」

僕にだけ、話があるのだろうか。

尚子さんは、膝の上でハンカチを握りしめていた。

「母はどんな先輩でしたか」

僕の質問には答えず、尚子さんは俯いた。

「私……睦美先輩に陰でひどいことをしていたんです」

尚子さんは、私立高校をあきらめ、県立の古宮高校に進学したという。

「父親が、中三の秋に突然退職したんです。下に二人、弟がいたんで、無理を言えなくて。でも、私立に行きたかったのは、制服がかわいかったから。幼いですよね」

尚子さんは入学してまもなく、放課後の校庭で、初めて睦美を見かけたという。クラスメートに誘われ、あちこちの部活を見学したが、尚子さんは実家の都合でアルバイトをしなくてはならず、部活は他人事でしかなかった。

「ハードルを颯爽と跳ぶ姿に目を奪われました」

颯爽。豊田さんと同じ表現で睦美を振り返った。尚子さんは、陸上部は他の部に比べてお金がかからないことを理由に、両親を説得し、入部を決めた。

「睦美先輩に興味がありました。父は睦美先輩の実家の会社の役員だったんです」

尚子さんが中三の時、父親が退職したことで、家族で訪れていた映画館やレストランで過ごす休日は、突然、なくなった。父親と各施設に出かけた時の従業員から受ける丁寧な対応や父親の満ち足りた顔を見られなくなったことが、尚子さんには、何よりも辛かった。その頃から、母親はパートを始め、幼い弟たちの世話をするのは、尚子さんの役目になった。親友と約束していた卒業前の遠出も行けなくなったが、惨めな気持ちで、事情を言えぬまま仲違いになり、孤独な卒業式になった。尚子さんは、睦美を見た瞬間に、嫌悪と憎悪が反動され、睦美に近づきたくなった。

尚子さんは、私立の制服と同じように、〝幼い〟と振り返ったが、思春期ゆえの耐えがたさがあったのだろう。

睦美は親切で、後輩の面倒見がよく、同じ種目の尚子には、ハードルの跳び方や走り方のコツをわかりやすく教えてくれ、気に懸けてくれた。

「どうしようもないくらい、苛々しました」

尚子さんは、同じ境遇の男子学生らに、睦美に嫌がらせを頼んだ。睦美が嫌な気持ちをすればいいと思っていたが、想像した以上に、男子学生らは目に余る態度をくり返した。男子学生らにやめるように訴えても、事実をばらすと逆に脅され、尚子さんは怯えるようになった。

「それでも、睦美先輩に申し訳なくて庇ったりもしましたが、毅然としている睦美先輩にだんだん腹が立ってきて、強がらないで泣けばいいのにって思っていました」

その後、尚子さんは、部活を通じて睦美の人となりに触れ、ふと、親に巻き込まれた境遇に、親近感を抱くようにもなった。

時が経ち、尚子さんは高二の夏休み、知人を介し、豊田さんの旅館に数日間限定のアルバイトに行くことになった。

「あの頃は、旅館のお客さんも少なくなっていたようですが、それでも、県内や県外の車が並んで賑わっていました。子供の頃、日帰り温泉に時々、連れていってもらったんです。幼いながらに、情緒がある玄関や館内、庭が好きでした」

旅館は二つ先輩にあたる豊田さんの実家だということも、豊田さんが東京の大学に通っていることも知っていた。

「高校生の時、豊田が部活を引退しても、放課後は学校に残って、睦美先輩と一緒に帰ってることに気づいていて、後をつけたこともありました」

次の年、高三の夏休みも、尚子さんは早々に部活を引退し、豊田さんの旅館でアルバイトに励んだ。その頃、全国模試で志望大学に合格圏内だったこともあり、温泉津を出るつもりで両親に東京への進学を相談したが、許してくれなかった。

「その時に、父が責任を取る形で常盤グループを解任されていたことを知りました」

当時、多額のノルマを課された尚子さんの父親の部下が、顧客の個人情報と引き換えに新規契約を約束、尚子さんの父親がそれに気づき、未遂に終わったが、同時に、社員による多額の横領も明るみになった。睦美の父親は常盤グループの名前に傷がつくことを恐れ、直属の上司だった尚子さんの父親が、社員の保証人になる形で金銭の問題を終結させた。しかし、二カ月後、当の社員は行方不明になり、尚子さんの父親は解任され、利子を含めた借金を返済し続けていた。それを知った尚子さんの怒りの矛先は、睦美に向かった。

「私の志望大学は、睦美先輩が通う大学でした」

当時、尚子さんは、誰からも見放されたように思えた。そんな時、豊田さんと再会した。豊田さんは、兄の救急搬送、父親の体調悪化、母親の入院が従業員や町の人にも知られたなかでの帰郷だったが、旅館の危機が迫る一方で、尚子さんは、気さくに話しかけてくれる豊田さんが好印象に映った。

「同じ高校の後輩で、陸上部だったと言っても覚えてなくて、再会ではないんです。専門がハードルだったって言ったら、『常盤さんの後輩?』って。表情で付き合ってるって直感しました」

豊田さんは身を粉にして働き、組織としての未熟さをアルバイトにも個人面談で詫び、今後の展望を具体的に示してくれた。居場所を失くし、退職を希望した板長には、狭い町の噂を案じ、料理にさらなる改革を依頼して引き留めた。一人ひとりに向き合い行動していく豊田さんを尊敬するまでに長く時間はかからず、いつしか、支えたいという気持ちに変わった。

「ほんとうは豊田の役に立つことで、睦美さんに勝ちたかったのかもしれません」

尚子さんは、実家から通える観光の専門学校に奨学金を活用し、進学した。旅行業の専門的な勉強をしながら、旅館のアルバイトも続けた。卒業後は、宿泊施設ランキングで長年上位に君臨し、殿堂入りした広島のホテルで三年間、勤務したらしい。

「豊田を思ってのことです。歴史ある旅館を続けてほしいという願いもありました」

二十四歳で旅館に就職する形で温泉津に戻り、二年後、豊田さんと結婚した。

「今、二十二歳、二十一歳、十九歳の娘と息子がいます。義理の父と母、それから、お兄さんの家族も近くにいて、大家族なんですよ」

尚子さんは、少しだけ柔らかい表情になった。

やっとストローに口をつけた尚子さんにつられ、僕もコーヒーを手に取った。

「このことは、先日、初めて豊田に話したんですが」

睦美が豊田さんに会いに温泉津に来た日のことだった。

尚子さんが高校の卒業式を終えた春休み、たまたま通りかかった有料駐車場に豊田さんの車が停まっていた。尚子さんは胸騒ぎを覚え、来た道を温泉津駅の方に、無我夢中で引き返した。案の定、睦美がいた。着火した戦闘欲は、信号待ちをする睦美の生気の失せた後ろ姿で一気に静まった。尚子さんは心配が先立ち、距離を取って追いかけた。温泉津駅を過ぎ、大通りを外れていく睦美に、尚子さんは、すぐに、豊田さんと睦美が高校時代に寄り道していた場所に向かうのだと思った。

「車の行き交いが時々あるくらいの橋があるんです」

尚子さんは、睦美が立ち寄ったというより、誰かと待ち合わせしているのではないかとも、思い悩んでいるようにも思え、その場から離れられなくなった。しばらくして、太陽が時間をかけて、ゆっくり西へ沈み始めた。睦美は、空の彼方を一心に見つめ、山々を真っ赤に染めて落ちてゆく夕陽を見届けるように、微動だにしなかった。今日中に東京には帰れない列車の発車時刻を過ぎた頃、睦美は、とぼとぼ歩き始めた。無我夢中で、尚子さんは駅の改札を抜け、ホームまで追いかけ、自分でも驚くほど、躊躇いなく、睦美を呼び止めた。尚子さんの声に、睦美は再会を喜び、本当にうれしそうに微笑んだ。

「いきなり、豊田さんは私が支えますって言ったんです」

「……」

「東京にいる睦美先輩には無理ですよねって。温泉津にいてよかったって」

「……」

「ごめんなさい」

絞り出した声は、長年の悔いに溢れていた。

余韻が消えた頃、豊田さんが戻り、僕らは、それぞれの思いを胸に施設へ向かった。

尚子さんの話を受け、これから始まる時間に何が起こるのか、想像できなくなった。

複数での面会に、青野ケアマネジャーは面談室の使用を勧めてくれたが、そこに意味がある気がして、談話スペースを貸してくれるようにお願いをしておいた。

睦美が泣いたり喚いたり、叫んだりしないだろうか。

今から、面談室に変更してもらおうか。

空気を壊すようで言い出せず、談話スペースに豊田さんたちを案内した。

「仁」

僕の名前を呼んだ睦美に、豊田さんは目を細めた。

懐かしい。愛おしい。愛くるしい。

豊田さんの微笑みは、青春を慈しむように、満ち足りて穏やかだった。

「豊田さんが来てくれたよ」

こくんとうなずいて、睦美は目を閉じた。

「睦美さん」

豊田さんの声に、睦美は会釈するだけで、窓の外を見上げた。

気を揉む僕は、睦美を急かしてしまう。

「豊田さんに伝えたいことがあるんだよね」

目の前に豊田さんがいるんだよ。

会いたかったんじゃないの？

僅かな沈黙が不安を煽る。

僕らの視線が睦美に集まる。

「別れてくれて、ありがとう」

え？

何てこと言うの？

「おかげで仁がいます。幸せになりました。今も幸せです」

面食らった豊田さんと、思わず顔を見合わせた。

睦美は、目を腫らした尚子さんの顔を覗き込んだ。

「泣かないで」

豊田さんは、尚子さんの背中をそっと押した。

「あの時は、ごめんなさい」

尚子さんの声は震えていた。

そのまま、泣きじゃくる尚子さんを、睦美は温かい目で見守った。

「あなたも素敵な人に出会えてよかったね」

睦美は順番に、僕らに微笑みかけた。

今日の空も、距離と時間を超えて、果てしなく続いていた。


豊田夫婦を最寄り駅まで見送り、僕は施設に戻った。

睦美は、談話スペースから、また、空を見上げていた。

「仁」

僕は、黙って睦美に手を差し出した。

「ありがとう」

睦美は僕の手を握り締めた。

睦美は、やさしかった。

睦美は、美しかった。

睦美は、僕の知る睦美だった。

あれから、一週間。

睦美の会いたい人は、豊田さんだったのだろうか。

間に合ったのだろうか。

僕は口にしないまま、開花予想どおりに桜が咲き始めた。

エドヒガン。ソメイヨシノ。ヤエザクラ。オオヤマザクラ。

開花順に植樹された並木道は、この季節、神秘さを放つ。

桜トンネルのなか、幻想ではなく、僕は現実を生きよう。

「もしもし」

遠出に誘った僕に、渚は即答し、電話越しに笑顔が弾けた。

僕の音符と音程は、渚の心に、どんな情景を描けるのだろうか。

渚の線と色彩は、僕と交わり、豊かになっていくのだろうか。

ジョン・レノン。

どうぞ、見守っていてください。


窓の外の陽だまりに誘われ、睦美を連れて、近くの公園に散歩に出かけた。

春生まれの睦美は、桜の時期が一番好きだと言う。

「会いたい人は、間に合ったの？」

「うん。あれね」

バス停からこっちへ向かって歩いてくる女性がいた。

会釈しながら近づいてきたのは、職員の西山さんだった。

「間に合ったね」

「はい！」

西山さんは胃腸が弱く、腹痛に悩む体質で、入社当初は仕事への緊張が強く、そのせいで遅刻を数回したことがあったらしい。日勤に慣れ、早出や遅出、夜勤の新しいシフトが増えるごとに、腹痛を繰り返し、バス停から全力疾走しなければ間に合わない日を経て、今に至ると教えてくれた。

にやけてくる口元を、唇を左右に動かし、なんとか持ち堪える僕に、西山さんは不思議そうな顔をして、施設に向かっていった。

反省。独り合点をしていた。

僕だけの世界で睦美の人間関係や心を捉えていたんだ。

ひらりひらり、舞い落ちる桜の花びら。

「僕には会いたいって思わないの」

「うん」

「そ、そうなんだね」

「だって、仁の歌をみんなが待っているからね」

「……」

「帰る場所、おかえりって褒めてあげないとね」

春風が睦美の髪をなびかせる。

僕が睦美からもらうものは、まだまだ、たくさんある。

今、気づいてよかったよ。

「もうすぐ睦美の誕生日だね。欲しいものある？」

「……ない」

そうだと思っていた。

僕は歌い人。

今年も歌うから。

父さんのギターで歌うから。

「仁、生まれてきてくれて、ありがとう」

睦美は膝上に落ちた花びらを僕にくれた。


あれから、三日後。今日は睦美の誕生日だ。

僕は、決意新たにステージに立つ。
「配信ライブで見てくれている大切な人に届けます」

差し出した手をにぎりしめて、
ありがとうって言った。
柔らかい小さなその手に、明日がある。

恋をしていたあの日のこと。
守り続けた僕の笑顔。
時は流れて、今、こうして、あなたに会えた奇跡がある。

いつの時代に憧れ、帰るの?
会いたい人は、そばにいますか。
遠く見つめた、空の彼方に、
愛しい日々の答えがある。

差し出した手をにぎりしめて、

ありがとうって言った。
柔らかい小さなその手に、希望がある。

今を生き抜く睦美に、心を込めて、この歌を歌った。

時に親に、時に憧れた人に、時に後輩に、時に愛する人に、
病気に、それらを取り巻く運命に、
何よりも出来が悪い僕に、
睦美の人生は、翻弄されてきたの？

―私らしく生きてきたから、自分が選んだ今があります―

睦美が自分語りをしたら、きっと、睦美の真実を教えてくれるだろう。

睦美、変わり果てゆく僕の妖精。
それでも変わらず、あなたは愛する。
すべてが酩酊の景色であればいい。
なんて、僕は、もう思わない。
僕は愛されていることを知ったから。
僕は愛する人を守りたいから。
僕は愛する人と、さいはてたいから。

本作品は松本誉臣氏の楽曲『さいはてたい』をモチーフにしたフィクションで、作中に描かれている疾病の発症・経過などは作者の創作によるものです。実際の症例では、人により様々な経過を辿ります。

本作品は二〇〇九年に弊社より刊行された『さいはてたい』を加筆・修正し、続編を加えて文庫化したものです。

本作品はフィクションであり、実在の個人・団体などとは一切関係がありません。

文芸社文庫

さいはてたい

二〇二一年十月十五日　初版第一刷発行

著　者　山本陽子
発行者　瓜谷綱延
発行所　株式会社　文芸社
〒一六〇－〇〇二二
東京都新宿区新宿一－一〇－一
電話　〇三－五三六九－三〇六〇（代表）
〇三－五三六九－二二九九（販売）

印刷所　図書印刷株式会社
装幀者　三村淳

ISBN 978-4-286-22987-4